novum pro

AF162573

MARTINA EBERLE

Eine Geschichte über das Leben

novum pro

www.novumverlag.com

Bibliografische Information
der Deutschen Nationalbibliothek:

Die Deutsche Nationalbibliothek
verzeichnet diese Publikation in
der Deutschen Nationalbibliografie.
Detaillierte bibliografische Daten
sind im Internet über
http://www.d-nb.de abrufbar.

Alle Rechte der Verbreitung,
auch durch Film, Funk und Fernsehen,
fotomechanische Wiedergabe,
Tonträger, elektronische Datenträger
und auszugsweisen Nachdruck,
sind vorbehalten

Gedruckt in der Europäischen Union
auf umweltfreundlichem, chlor- und
säurefrei gebleichtem Papier.

© 2023 novum Verlag

ISBN 978-3-99131-919-1
Umschlagfoto:
Esti Wulandari | Dreamstime.com
Umschlaggestaltung, Layout & Satz:
novum Verlag

www.novumverlag.com

Der Panther

*Sein Blick ist vom Vorübergehn der Stäbe
so müd geworden, dass er nichts mehr hält.
Ihm ist, als ob es tausend Stäbe gäbe
und hinter tausend Stäben keine Welt.
Der weiche Gang geschmeidig starker Schritte,
der sich im allerkleinsten Kreise dreht,
ist wie ein Tanz von Kraft um eine Mitte,
in der betäubt ein großer Wille steht.
Nur manchmal schiebt der Vorhang der Pupille
sich lautlos auf. Dann geht ein Bild hinein,
geht durch der Glieder angespannte Stille,
und hört im Herzen auf zu sein.*

Rainer Maria Rilke
06.11.1902, Paris Jardin des Plantes

Inhaltsverzeichnis

Kapitel 1 9
Das Leben ist eine Geschichte

Teil 1 15
Kapitel 2 17
Wo kommen wir her und wo gehen wir hin
Kapitel 3 21
Der Sinn des Lebens
Kapitel 4 26
Als die Sintflut kam
Kapitel 5 40
Am Grund des Meeres

Teil 2 45
Kapitel 6 47
Die Wüste
Kapitel 7 52
Das Feld
Kapitel 8 60
Die Erinnerung
Kapitel 9 70
Das Geschenk

Kapitel 1

Das Leben ist eine Geschichte

Ich möcht Ihnen eine Geschichte erzählen. Eine Geschichte über das Leben. Hören Sie zu. Es ist ein Abenteuer. Es ist die Geschichte von Anna. ...

... Die Geschichte begann vor zwei mal sieben Jahren. Damals war Anna äußerlich eine erwachsene Frau, doch innerlich war sie ein gebrochenes Kind. Seit Jahren trieb sie mit einem kleinen Stück Holz auf dem offenen Meer herum, und sie hatte alles vergessen, was ihr jemals wichtig war.

Als sie eines Tages in den weiten, hohen Himmel sah, vernahm sie eine liebliche, leise Stimme, die zu ihr sprach: „Anna, geh an Land. Geh in die Wüste." Dann war es still. Anna blinzelte und glaubte, nur das Echo der Wellen vernommen zu haben. Doch die liebliche Stimme sprach weiter: „Die Wüste ist karg, doch sie hat ihren Zauber. Bepflanze sie und der Zauber wird dir offenbart. Nun geh. Es ist Zeit, das Meer und seine Stürme hinter dir zu lassen." Nun versuchte Anna zu sehen, wer aus dem Himmel mit ihr sprach. Doch sie sah nur die üblichen Wolken, die jeden Tag aufs Neue an ihr vorbeizogen. Und da war ein goldener Kreis, doch sie dachte sich nichts dabei, denn sie sah in ihrer Einsamkeit viele Dinge, die nicht wirklich existierten. Da es ihr langweilig war und die schöne Stimme sie interessierte, fragte sie neugierig zurück: „Warum soll ich das denn tun? Das Meer ist doch gut für mich, ich habe mich längst an seine Stürme gewöhnt. Warum soll ich es verlassen? Für die Wüste? Sie hat mir nichts zu bieten." Sie presste die Lippen zusammen und verformte ihr Gesicht zu einer leichten Grimasse. Sie war sich darüber im Klaren, dass nur die Fantasie mit ihr sprach. Ohne Erwartungen auf eine Antwort und höchst amüsiert paddelte sie lustig im Kreis herum. Doch zu ihrem Erstaunen hörte sie die Stimme erneut: „Weil dir die Wüste sehr wohl etwas bieten kann." Dann folgte eine lange Pause.

Anna blieb still, rümpfte ihre Nase und streckte den Kopf noch höher in die Luft. Wer sprach mit ihr? Sie versuchte, etwas zu sehen, doch sie sah nur diesen gewöhnlichen Himmel mit diesem eigenartigen, goldenen Kreis. Sie war verwirrt. Und erneut sprach jemand zu ihr, ohne dass sie etwas sah: „Geh in die Wüste, bepflanze sie und erfahre den Zauber. So wirst du ein Geschenk für dich vorfinden. Es wartet auf dich." „Oh, ein Geschenk", rief Anna entzückt. „Dann hole ich es mir und gehe gleich zurück ins Meer", schmiedete sie sich in Worten und Gedanken ihren sicheren Plan. Und sich zu diesem eigenartigen Himmel wendend sprach sie: „Na gut, ich gehe hin. Ich hole mein Geschenk und nachher kehre ich zurück ins Meer, hörst du?" Doch es blieb still. Nur die Wellen, die regelmäßig gegen ihr kleines Stück Holz schlugen, antworteten ihr. „Das Geschenk soll schon bereit sein, denn ich habe keine Zeit zu bleiben. Hörst du? Verstehst du mich, Himmel?" Bestärkt durch ihre klaren Worte kehrte sie dem Meer, ihrer Heimat für viele Jahre, den Rücken zu und schwamm der Küste entgegen. Langsam. Mechanisch. Monoton. Doch je mehr das Land in Sicht war, desto größer wurden auch ihre Erwartungen und damit ihre Bewegungen schneller und lebendiger, und die Vorfreude auf eine Belohnung ihrer Mühsal wurde stärker und begieriger, je mehr sie dem Land entgegeneilte. Ohne Pause, nach etlichen Tagen und Nächten, erreichte sie freudig und außer Atem den langersehnten Strand mit ihrem Geschenk!

Da lag sie nun vor ihr. Die Wüste. Karg und leer und weit. Es gab nichts zu sehen und nichts zu hören. Nur Sand und nur Wind. Die Enttäuschung war groß! Denn die Vorstellung ihrer wildgewordenen Fantasie eines fein säuberlich verpackten, köstlichen Geschenkes war ganz anders als das, was sie nun vorfand. Ein Nichts breitete sich vor ihr aus und Anna lief hastig den Strand hinauf und hinab, mehrere Male und immer wieder, durchsuchte jede noch so kleine Ecke, doch sie fand weder einen Grashalm noch irgendein Geschenk. „Hier gibt es einfach nichts außer diesem Nichts in einem öden, weiten Nichts", beschimpfte sie tief verärgert dieses Nichts. Weiter grummelnd und brummelnd „nichts, nichts, nichts", setzte sie sich in den heißen Sand, verschränkte ihre Ärmchen vor der Brust, gewillt, dem Himmel, der sie hierhergeführt hatte, ihre ganze Wut entgegenzusetzen, denn hatte er ihr nicht ein Geschenk versprochen? Und so wartete sie. Sie wartete stundenlang. Ohne sich zu rühren. Ohne dass irgendetwas passierte. Stille überall. Ihr Siegeswille schwand von Stunde zu Stunde und Hilflosigkeit umhüllte sie wie ein löchriger Mantel. Anna schluchzte: „Dieser blöde Himmel, warum nur habe ich ihm geglaubt?" Und so sah sie in der letzten Hoffnung zum Himmel hinauf und schrie verzweifelt: „Hallo, Hallo, Haaaallo! Ist da jemand? Wo bist du? Wo ist mein Geschenk?" Doch dieses Mal sah sie weder Wolken noch einen goldenen Kreis noch erhielt sie eine Antwort auf ihre Fragen. Sie rief und rief, doch sie hörte nichts als ihre eigene Stimme, ihr eigenes Echo in der weiten Wüste, in diesem großen, leeren Nichts. Sie gab auf. Es war sinnlos. Die Nacht brach herein. Dem angerufenen Himmel ein letztes Mal trotzend nahm sie drei Körnchen von Weizen in die Hand, die sie neben sich im Sand fand, und bohrte sie tief in den Boden hinein. Verächtlich, ängstlich und wütend schrie sie mit letzter Kraft: „War das mein Geschenk? Diese drei kleinen Körnchen? Nein, hier gibt es kein Geschenk! Hier gibt es keinen Zauber! Und du, du existierst auch nicht!" Schluchzend brach sie zusammen und die Dunkelheit wiegte sie erschöpft in den Schlaf.

Als Anna am nächsten Tag erwachte, erschrak sie. Sie hatte vergessen, wo sie war. Sie hatte auch vergessen, wie es war, festen Boden unter den Füßen zu spüren. Zu lange schon trieb sie im Meer herum, willenlos schaukelnd von Wellen und Wind. Hastig sprang sie auf, rieb sich wie ein kleines Kind die roten Äugelein, fuhr mit der Hand über die Nase und blickte links, rechts, vorwärts, rückwärts, wieder links, wieder rechts, auf den Boden, überall suchend nach Orientierung. Zu ihrem Erstaunen streckten die drei Weizenkörnchen, die sie letzte Nacht tief vergraben hatte, bereits ihre Köpfchen aus dem Sand, und es dünkte sie, als ob sie ihr zulächelten. Ein kurzer Moment von Wärme. Doch immer noch ohne Orientierung und vergessend, was die

Wolken und der goldene Kreis ihr sagten, wollte sie dem Nichts um sich herum ihre ganze Hilflosigkeit in den Rachen schreien, als sie plötzlich, weit weg am Horizont, zwei kleine Punkte entdeckte. Sie kniff die Augen zusammen und bemerkte, dass die Punkte immer größer wurden. Anna formte die eine Hand wie ein Dach schützend über ihre Augen und erkannte in den beiden Punkten zwei Menschen, die direkt auf sie zukamen. Ein tiefer Seufzer löste all ihre Spannungen und verwandelte ihre Hilflosigkeit in Gewissheit. Ja, sie war in der Wüste und ja, nun kam ihr Geschenk direkt auf sie zu! Sie sprang, von neuer Energie erfüllt, auf der Stelle auf und ab, hoch und hinunter, hin und her und wild im Kreis herum. Jauchzend und inmitten eines feurigen Freudentanzes rief sie den herankommenden Menschen stürmisch zu: „Hallo! Ich bin hier!" Sie hüpfte und sie warf ihre Beinchen in die Luft und die Welt um sie herum war plötzlich wunderschön. „Endlich, endlich, da kommt mein Geschenk!" Und sie blickte in den Himmel und rief mit hochgeworfenen Armen: „Danke, lieber Himmel, danke, goldener Kreis! Danke, danke, danke!"

Als die beiden Punkte bereits ganz nah waren, erkannte Anna, dass es zwei Männer waren. Als sie vor ihr standen, begrüßten sich alle drei voller Freude, denn die beiden Männer hatten lange kein so wildtanzendes Geschöpf mehr hier auf Erden gesehen. Doch kaum hatten sie sich begrüßt, wurde Anna auch schon wieder ernst. Schnell ließ sie ihren Blick an den beiden Männern hinuntergleiten, in hastiger Erwartung auf ihr Geschenk. Doch es war nicht da, die Hände der Männer waren leer. Anna rümpfte die Nase und fragte leicht gereizt: „Wo ist mein Geschenk?" Als keine Antwort folgte und die Männer sie nur ungläubig anblickten, fuhr sie fort: „Ich warte auf mein Geschenk. Hier. Der Himmel hat es mir versprochen. Und ich habe auch keine Zeit, noch länger mit Euch zu sprechen. Denn Ihr müsst wissen, ich muss schnell zurück ins Meer." Um den Ernst ihrer Worte zu unterstreichen, streckte sie die eine Hand aus, die andere stemmte sie sich in die Hüfte. Die beiden Männer waren überfordert und verstanden kein Wort von dem, was diese junge

Frau zu ihnen sagte. Und so sahen sich alle drei nur sekundenlang stumm an, doch Anna kam es vor wie Wochen und Monate. Die beiden Männer hatten sich gefasst. Der eine sprach mit lauter Stimme: „Nicht so hastig, junge Frau!" Er stemmte seine Hand in die Hüfte und stellte sein Bein wie einen Pfeiler vor sich, um seine hohe Gestalt darauf zu stützen. Doch der andere fügte schnell und sanft hinzu: „Willst du uns nicht erzählen, wie du hierhergekommen bist?" Anna blickte die beiden Männer lange an. So unterschiedlich sie sprachen, so verschieden waren sie in ihrer Erscheinung: Der Forsche war drahtig und hochgewachsen und an seinem Kopf klebte schütteres, dunkles Haar. Der Sanfte war weich in seiner Sprache und in seinen Bewegungen und sein helles, lockiges Haar versteckte er unter einer Mütze. Der Dunkelhaarige hatte einen stacheligen Ziegenbart und unterstrich seine strengen Gesichtszüge gerne mit seiner tiefen, lauten Stimme. Der andere mit seiner schönen Haarpracht war ein fröhlicher, doch schüchterner Jüngling, ohne Bart und ohne Kanten. Er war wirklich schön, doch Anna schüttelte schnell den Kopf und besann sich auf ihre Mission. Sie wollte keine weitere Zeit mehr hier in der Wüste verlieren und fragte die Männer direkt: „Seid Ihr mein Geschenk?" Nun stemmte sie beide Hände in die Hüften und stand in einem stabilen Dreieck da. Der Jüngling, erfreut über diese junge und wagemutige Frau, erwiderte ebenso direkt wie sie: „Nein, ich bin nicht dein Geschenk, es tut mir leid. Aber ich hoffe, du wirst es bald erhalten." Und nach einer kurzen Pause und einem schelmischen Blick fragte er: „Willst du mit mir ein Stück weit gehen? Dann können wir uns kennenlernen und herausfinden, ob wir Freunde sind. Ich warte so lange hier mit dir, bis du dein Geschenk erhältst." Seine Augen strahlten und lachten und er hielt ihr seine weiche Hand entgegen. Doch der bärtige, stachelige Mann trat just in diesem Moment hervor, versperrte dem Jüngling die Sicht und sprach mit tiefer, ernster Stimme: „Ich bin dein Geschenk! Und ich bin sogar schon dein Freund. Weißt du denn nicht, dass ich die Sonne höchstpersönlich bin?" Sein fordernder Blick richtete sich direkt auf Anna und er bäumte sich vor ihr auf wie ein hoher Turm, dessen dunkler Schatten sich auf dem Sand spiegelte. „Komm, lass uns hinaus aufs Meer gehen." Er drehte sich um und lief auf dem Sand direkt ins Meer hinein. Anna war eingeschüchtert und zum zweiten Mal enttäuscht. Sie hatte sich ihr Geschenk ganz anders vorgestellt. Doch weil er so groß war und sein Kopf bis in den Himmel ragte, dachte sie im Stillen: „Vielleicht ist er ja wirklich mein Geschenk. Wenn er es so sagt, wird es auch so sein." Und ohne weiter darüber nachzudenken, ungeduldig getrieben vom Rausch des Meeres, folgte sie nun diesem drahtigen Mann, wie einst den Wellen und dem Wasser willenlos gehorchend, direkt in die Ungewissheit zurück in die tiefe, weite See. Anna war blind für den sprießenden Weizen, den sie in der Nacht gepflanzt hatte, und Anna war taub gegenüber den freundlichen Worten des Jünglings. Der Jüngling, stumm und starr vor Schreck, sah der jungen Frau voller Sehnsucht nach, dem unausweichlichen Gang ihres drohenden Schicksals. Er seufzte und ließ seinen leeren Blick auf den Boden fallen. Mit gesenktem Haupt und hängenden Schultern ging er traurig seiner Wege. Entlang dem langen Strand, weit weg von dieser Frau, die wie eine Fata Morgana in sein Leben trat, unwirklich und so schnell, wie sie es auch wieder verließ.

Anna ließ alles zurück und folgte blind und taub diesem Mann, der vorgab, ihr Geschenk, ihr Freund und die Sonne höchstpersönlich zu sein. Bis sie ihr wahres Geschenk erhielt, vergingen zwei mal sieben Jahre. Und von all diesen Jahren erzählt diese eine Geschichte – und nun noch einmal ganz von vorne. ...

TEIL 1

Kapitel 2

Wo kommen wir her und wo gehen wir hin

Jede Geburt ist ein Wunder und umhüllt von einem zarten Zauber. Durch dieses Wunder verbindet sich die Seele mit ihrem Geist und dem ihr zugeteilten Körper als Vorbereitung für das Leben auf der Erde. So wie alles scheinbar aus dem Nichts entsteht, kam Anna von irgendwoher und landete irgendwo auf diesem Planeten, in einem auserwählten Mutterleib. Das Resultat dieser Landung war ihre Geburt – für die Seele ein wahres Abenteuer! Denn das Schicksal, das sie damit auf sich nimmt, ist ein seltsamer Weg, auf dem sie sich auch mal verirrt. Scheinbar zufällig ausgewählt ist es in Wahrheit ein Prozess sorgfältigster Auswahl und jahrelanger Vorbereitung auf das Leben selbst.

Anna nahm ihre Reise von irgendwoher nach irgendwohin wie die Fahrt in einem schwerelosen Raumschiff wahr. Das war toll! Sie war in einen Mantel aus Liebe und Fürsorge eingehüllt, und es funkelte überall. Es gab auch andere, die in ihrem Raumschiff direkt zur Erde unterwegs waren. Von wo sie alle herkamen, spielte in diesem Moment keine Rolle, denn auf sie alle wartete das große Abenteuer, das Leben auf der Erde! Kurz vor Annas Landung schoss ein anderes Raumschiff an ihr vorbei und jemand, der ihr besonders am Herzen lag, rief ihr freudig zu: „Meine Schwester, erst viel später werden wir uns wiedersehen. Ich bin du, und du bist ich – darum erkennst du mich erst, wenn du dich selbst erkannt hast." Und just, in diesem Moment sah Anna ein weißes Licht, und ein Strudel zog sie aus ihrem Raumschiff hinaus, hinein in das ihr zugeteilte Leben. Taumelnd wie in einer kleinen Raumkapsel und scheinbar die Kontrolle verlierend gab sie sich diesem fremden Ort hin und fand sich im Bauche der Mutter wieder. Die Schwerelosigkeit des Universums war immer noch da, denn sie war im sogenannten Zwischenreich gelandet. Hier war es schön! Anna wusste, dass alles irgendwann in diesem Zwischenreich zu sein schien, sozusagen als Ablösung von Zuhause und als Vorbereitung für das Leben auf der Erde. Das Komische daran ist, dass es beim Tod genau umgekehrt funktioniert: Dann ist die Erde das Zuhause und der Tod ein Abschied in eine fremde Welt. Es ist die gleiche Reise, und doch ist es nie dasselbe. Anna verließ dieses Zwischenreich, und die Loslösung vom warmen Mutterleib hinein in die neue Welt war ihre Geburt. Alles ging ganz schnell. Vom ersten Moment aus dem taumelnden Strudel tief fallend in die Schwerkraft hinein. „Ich bin da!" Doch niemand hörte sie.

Da lag sie nun, am dritten Tage ihrer Geburt, in einem Bettchen, in einem kargen Zimmer, umringt von staubigen Schachteln und der Dunkelheit der Nacht. Ein Nichts im Nichts, so fand sie sich vor, und sie vermisste die Schwerelosigkeit ihres warmen Raumschiffs. Denn die Fürsorge der Eltern galt nicht dem neugeborenen Kind, sondern dem Schiff, welches sie morgen erreichen mussten. Sonst war es weg und damit ihr Wunsch auf ein wunderbares Leben. Der Ruf des Meeres war unglaublich laut, viel lauter als die Schreie ihres kleinen Kindes. Denn alles hatten sie geplant: den Neuanfang und den Umzug auf das schöne Schiff. Nur die Geburt von Anna ließ sich schlecht planen, und so war das Wunder nun kein Wunder mehr, sondern nur ein Hindernis in der eigenen Verwirklichung. Die Zeit war knapp. Das Schiff war nur noch an diesem Tag zu kaufen. Eilig und hastend, all ihr Hab und Gut fein säuberlich verpackt, rasten sie am frühen Morgen ihrer Hoffnung entgegen. Fest entschlossen, die Abfahrt auf ihre lang ersehnte Reise nicht zu verpassen, vergaßen sie das neugeborene Kind im dunklen Zimmer. Das zurückgelassene Kind weinte inmitten dieses Nichts, eingenistet in dem Bettchen, von der Schwerkraft tief auf den Boden gedrückt. Niemand hörte Anna, niemand dachte an sie. „Ich bin allein. Ich bin verloren in dieser Welt." Ihre Hilflosigkeit nistete sich wie ein Parasit in ihr ein, wuchs später zu einem eitrigen Geschwür und hinterließ in dieser zarten Kinderseele tiefe Wunden. Der Parasit war gemein, denn er sagte ihr damals, dass alle mitgenommenen, staubigen Schachteln weit mehr Wert hatten als sie selbst.

Auf der Reise bemerkten die Eltern irgendwann den Verlust des Kindes. Doch das war keine freudige Sache, denn die Zeit zum Schiff drängte. Noch schneller als bei der Abfahrt fuhren sie zurück, packten Anna, dieses kleine unbeholfene Geschöpf, wurden laut, wurden ungeduldig, rasten in Windeseile dem richtigen Zeitpunkt entgegen, bangend, ob sie das auslaufende Schiff und ihre Träume rechtzeitig erreichen würden. Schon von weitem war das tiefe Horn zu hören, und das Schiff wiegte sich in den Wellen hin und her, bereit für eine lange Fahrt auf hoher See. Ja, das Schiff war noch da, sie alle waren da, ihr Traum konnte endlich gelebt werden! Doch für Anna war auf dem Schiff alles gleich wie vorher: ein kleines Bettchen, ein dunkles Zimmer, staubige Schachteln, kein angenehmer Duft und keine angenehme Wärme. Sie rief: „Ich bin da!" Doch es blieb still.

Das Schiff fuhr los auf die weite See, und Anna blieb allein in dieser übelriechenden Dunkelheit. Die Eltern waren schnell in Not, denn niemand hatte ihnen gezeigt, wie sie ein Schiff und ein Kind zusammen lenken konnten. Schnell kehrten sie schon am nächsten Tag zurück ans Ufer, hielten das Kind flehend in die Höhe und riefen einer jungen Frau, die am Hafen entlang lief, verzweifelt zu: „Sorgst du dich um unser Kind? Wir bezahlen dich gut dafür!" Die Frau konnte dem hochgehaltenen Kinde nicht widerstehen und willigte ohne Zögern ein. Nur kurze Zeit später verließ sie ihr sicheres Land, mit diesen Leuten, die sie nicht einmal kannte, auf die hohe See, wo sie niemals zuvor war. Doch sie sorgte sich gut um Anna, und so spürte Anna zum ersten Mal Liebe und Geborgenheit. Anna fühlte sich in der Obhut dieser jungen, fürsorglichen Frau inmitten des wilden Ozeans sehr wohl. Sie konnte ganz Kind sein und wurde am Tag gut umsorgt. Doch in der Nacht, wenn sich die junge Frau für den Schlaf an das andere Ende des Schiffes zurückzog, war sie für Anna unerreichbar, und so war Anna jede Nacht allein. Sie weinte oft, doch es hörte sie niemand. Wie auch, denn die junge Frau schlief am anderen Ende ihrer Welt, und die Eltern mussten das Schiff Tag und Nacht im Sturm über Wasser halten. Die zischenden Wellen, die jede Nacht an den Bug des Schiffes schlugen, ließen den Parasiten in ihr wie eine Geschwulst wachsen. Eines Nachts, als es besonders stürmisch war und an Deck alle ums Überleben kämpften, platzte das Geschwür in ihr auf, und Anna lernte die unvermeidbare Furcht vor der Dunkelheit kennen. Denn das Schiff war einstweilig auf dem Meer wie ein ungebändigter Tiger in der Wildnis, und so war es für Anna manchmal sehr gefährlich, dort auf dem Schiff zu sein.

Am Anfang dachte sie wehmütig an den sicheren Ort zurück, wo sie einst herkam und wo auch in der Nacht alles in Licht eingehüllt war. Doch je länger sie ungehört in dieser Dunkelheit lag, desto mehr schwoll der Parasit in ihr an. Und als er ein großes Geschwür in ihr war, verflüchtigte sich die Erinnerung an die damalige Geborgenheit und die Hoffnung auf Trost schwand auf diesem Schiff von Tag zu Tag. Sie kam von irgendwoher und ging nun irgendwohin. Doch sie wusste weder, woher sie kam, noch wusste sie, wohin sie dieses Schiff trug. Sie war so klein und schon bald wusste sie auch nicht mehr, wo sie überhaupt noch war. Denn das Meer war weit und unnachgiebig mit ihr.

Kapitel 3

Der Sinn des Lebens

Da das Schiff sehr klein und das Meer sehr groß war, wurde der Wellengang derweilen so hoch, dass die junge Frau, die Anna tagsüber umsorgte, regelmäßig das Schiff verließ und zurück an Land ging. Anna durfte einige Male mit ihr mit, sobald sie ihr Bettchen verlassen und selber laufen konnte. Das war schön! So viel Boden unter den Füßen zu haben. Den Vögeln zu lauschen. Zu hören, wie die Bienen summten. Das Blühen der Blumen zu sehen. Die Katzen sich sonnend zu streicheln. All dies war liebender Trost, den sie so von dieser Welt nicht kannte und der ihr die Erinnerung an die damalige Heimat zurückgab. Anna malte viel, am liebsten kleine Formen auf ein Stück Papier. In verschiedenen Farben und so aneinander gereiht, dass sich am Schluss daraus eine einzige große Form ergab. Anna wusste, dies waren die Farben und Formen der Seelen. Sie wusste auch, dass sie als Ganzes eine Bedeutung hatten, denn alles gehörte irgendwie zusammen. Sie sah, dass alles, was sich im Kleinen spiegelte, auch im Großen eine bedeutende Rolle einnahm. In der Zeit auf dem Land hörte sie oft das Lied aus ihrer Heimat, die Klänge aus dem Raumschiff:

„Alles, was da ist, ist in Bewegung.
Alles, was da ist, verändert sich jetzt.
Alles, was da ist, ist nicht immer da,
und alles, was nicht ist, ist wahrhaftig nah.
Alles ist da und doch jeder für sich,
Alles ein ganzes und großes Gesicht.
Die Seele ist Zauber und Zauber ist Seele.
Eine jede, so groß und so schön und so klar,
auch wenn sie vergaß, wer sie einst einmal war."

Doch Anna wusste in diesem Moment, wer sie war. Sie erinnerte sich! Der Zauber war wieder da! Sie war glücklich. Sie verstand die Sprache der Tiere und der Pflanzen, denn sie sprachen genauso wie damals die Seelen, diese lustigen Formen und Farben in ihren Raumschiffen. Auf dem Schiff dachte sie manchmal, dass bei der Landung etwas schief gegangen sei. Aber in diesen Momenten vergaß sie all die Mühsal vom Schiff. Denn sie wusste, dort war der Zauber mit Staub überschüttet, sodass er für die anderen unbemerkt blieb. Sowieso verstand die Welt hier nicht viel davon. Sie war taub für den Klang und blind für die Farbe und Form. Meistens war Anna allein, wenn sie sich über die Blumen freute und sie kichern hörte, sobald sie sie am Blattrücken kitzelte. Auch wenn sie bewundernd die Katze beobachtete, der es gelang, die Mäuse selbst im hohen Gras zu finden. Die Katze hatte ihr verraten, dass die Mäuse mit ihren kleinen Füßchen großen Lärm auf dem Boden machten, wenn man nur genau hinhörte. Anna hatte an Land, inmitten ihrer kleinen Zauberwelt, ihre Raumkapsel wiedergefunden! Sie glaubte an diesen Zauber, denn für sie war er da. In jedem dieser Tiere und in jeder dieser Pflanzen. Und er half ihr, den Parasiten in ihr schlafen zu legen. Dort im Zauber war es still und gleichzeitig voller Leben. Die ganze Pracht der verborgenen Welt lag vor ihr und dankbar um dieses Wissen fand sie darin den tiefen Sinn ihres Lebens. Damals wusste sie, dass irgendwann dieser Zauber ihr Zuhause formen würde. Doch sie wusste auch, dass dorthin noch ein weiter Weg vor ihr lag. Ein Kind, so klein es sein mag, hat manchmal mehr Weisheit und Fantasie in sich, als diese Welt sich zugesteht.

Eines Tages – Anna kniete in der Wiese, kitzelte die Blumen und sprach mit der Katze, die selbst von den Blumen für den Scharfsinn der Mäuse bewundert wurde – kamen ihre Eltern. Bereits gepeinigt von der hohen See wollten sie Anna zurückholen, um für längere Zeit auf dem Schiff zu bleiben. Ihr Schatten legte sich über die Blumen und die Katze, so dass das Tier schnell auf und davon sprang. Alles erstarrte, als die Eltern in ernstem Tonfall sprachen: „Anna, komm zurück aufs Schiff. Es wird Zeit, dass du lernst, damit umzugehen." Doch Anna wollte hier bleiben und so warf sie sich auf den Boden und schlug wie wild um sich. Sie grub ihre Fäustchen tief in das Gras und rief: „Nein, nein, nein, ich will nicht! Ich will hier bei den Blumen und bei der Katze bleiben!" Doch es nützte nichts und sie wurde zurück auf das kleine Schiff gezerrt, ohne Möglichkeit, sich von ihren Freunden zu verabschieden. Die Katze schaute ihr aus weiter Ferne lange nach, und die Blumen ließen alle ihre kleinen Köpfchen hängen. Anna sah ihre Freunde an diesem Tag zum letzten Mal. Für eine kleine Kinderseele bedeutet dies, alles auf einmal zu verlieren.

Es fing an zu regnen und alle waren bis auf die Haut nass, als sie das kleine Schiff erreichten. In dieser Nacht fürchtete sich Anna sehr und ein seltsamer Traum stahl ihr den Zauber weg aus ihrem Leben. Der Parasit in ihrem Innern erwachte erneut und das Geschwür schwoll wieder an. Denn ein Parasit bleibt ein Parasit und gibt seinen Wirt niemals freiwillig auf. In ihrem Traum sah sie einen alten Mann in einem weißen Licht auf sie zukommen. Er sprach zu ihr in einer seltsamen Weise: „Mein Kind, gib Acht. Der Zauber ist weg. Nun wird es kalt und dunkel für lange Zeit. Auch in dir wird es dunkel sein. Das ist gefährlich. Doch irgendwann wird es wieder hell." Das weiße Licht verwandelte sich in einen dunklen Schatten, der sie bedrohte. Schweißgebadet erwachte Anna aus diesem üblen Traum. Doch der Traum wurde Wirklichkeit und Anna wusste nicht, wie ihr geschah. Sie war zurück auf diesem Schiff und mit ihm auf dieser weiten, hohen See. Am Anfang sprach sie noch von Blumen und Tieren, doch bald verstand sie, dass es ausweglos war. Denn sie wurde getadelt wegen ihrer Fantasie, und das Schiff erdrückte den Zauber wie dünnes Glas. Sie hörte, wie man über sie sprach: „Anna glaubt da an etwas, was es nicht gibt. Sie behauptet sogar, von hier aus die Blumen und die Tiere an Land zu hören. Doch die sind viel zu weit weg und zudem sprechen die ja gar nicht mit uns. Wir müssen ihr zeigen, wie ein Schiff auf hoher See zu lenken ist. So wird sie endlich erwachsen."

… Und dann kam sie, diese hohe See. Dieser unglaubliche Sturm auf dem Meer mit peitschenden Wellen. Das Schiff hatte bereits ein Leck und drohte, jeden Moment vom rauschenden

Meer verschlungen zu werden. Der Bug stand teilweise tief im Wasser, die Oberfläche des Schiffs war regnerisch und kalt. Anna konnte sich kaum festhalten und fiel von einer Ecke in die andere, zwischen ihren Eltern hin und her. Diese standen, je einer hinten und einer vorne auf Deck, und versuchten, das Schiff in der tobenden Gischt zu lenken. Doch jeder Versuch schlug fehl, denn dieses kleine Schiff erlitt innert kürzester Zeit Schiffbruch. Es war einfach zu klein für das große Meer und die Eltern zu wenig geübt, es in irgendeiner Form zu halten. Es war leck, und so kamen alle nach einiger Zeit wieder nass ans Ufer zurück.

Die Eltern waren verärgert über den Verlust des Schiffes und ließen sich kurze Zeit später auf ein Gespräch mit einem Mann ein. Er wollte ein größeres Schiff verkaufen und beteuerte, damit auf hoher See sicher zu sein. Das neue Schiff sah stattlich aus: Es hatte silberne Griffe und eine große Kabine. Die Eltern ließen sich von dem Mann und seinem großen Schiff blenden und so sahen sie nicht, dass unter der Oberfläche bereits ein Leck darin war. Erneut gingen sie auf hohe See, in der Hoffnung, dieses Mal dem Sturme zu trotzen. Das Schiff war eindrücklich und groß, doch es war auch gefährlich. Denn niemand hatte sie gelehrt, ein so großes Schiff zu lenken. Anna hatte längst das Gefühl für Land verloren, zu sehr war sie damit beschäftigt, bei hohem Wellengang das Schiff auf Kurs zu halten. Die Eltern tadelten sie, sie würde zu wenig aufpassen, man könnte sich nicht auf sie verlassen. Anna gab sich große Mühe, denn sie war ein wirklich braves Kind, wollte nicht wie Ballast von einer Ecke in die andere gleiten, wenn das Schiff wieder schwankte und tobte in der See. Doch alleine gelang es ihr nicht. Niemand zeigte ihr, wie es ging. Denn die junge Frau, die früher für sie sorgte, kam dieses Mal nicht mehr mit aufs Schiff. Sie blieb an Land, wohl wissend, dass die hohe See nur für kurze Zeit ein Abenteuer sein konnte. Die Eltern knüpften Seile, flochten Körbe und besorgten das Essen. Auch ihnen blieb keine Zeit, Anna zu unterweisen. Sie luden Leute auf ihr neues, prächtiges Schiff ein, die in Wahrheit nur wegen der silbrigen Griffe und der großen Kabine kamen. Anna verstand den Rummel um die silbrigen Griffe nicht, denn sie wurden von Rost befallen und sahen immer schäbiger aus. Die Tiere waren alle an Land und in der stürmischen See konnte sie immer weniger mit ihnen sprechen. Jene, die sie mitnahm, starben, weil das Wasser sie regelmäßig überspülte. Auch die Pflanzen blieben lieber an Land, denn das Meer war für sie einfach nicht geeignet. Es gab dort keine Erde, in der sie hätten Wurzeln schlagen können. Anna wurde seekrank und vergaß die Sprache der Tiere, der Pflanzen und die Macht des Zaubers. Denn die hohe See erdrückte jede Sprache der Liebe. Alles war so weit weg und es war nirgends Land in Sicht. Die Nächte wurden länger und die Schatten verbargen alles, was im Lichte stand. Die knackenden Balken des gebeutelten Schiffs hörten sich wie Klagelieder an, wenn sie drohten, von der zornigen See zertrümmert zu werden. Anna war im Nirgendwo. Es gab nur dieses Schiff, welches so kalt und so nass war wie ein großes Ungeheuer. Und es gab dieses Geschwür in ihr, das von Tag zu Tag wuchs und die Sicht auf die Sterne und den Himmel nahm. Und dieser Sturm, der nie aufhörte. Und das Meer, das so bedrohlich tief war. Sie wusste, wenn sie hineinfiele, wäre sie auf immer und ewig verloren. Viele Jahre verbrachte Anna auf dem Meer und die Wellen hörten nie auf, dieses vermeintlich schöne Schiff zu quälen.

Nach etlichen Jahren waren alle müde geworden und so suchten sie das sichere Land auf. Das Schiff nahm direkt Kurs darauf zu, als es nach langer Fahrt in weiter Sicht vor ihnen lag. Endlich gab es für alle Hoffnung, diesen endlosen Kampf auf hoher See zu beenden! Das Schiff war kurz darauf im sicheren Hafen, doch es war nur ein Zeichen für die Ruhe vor dem Sturm. Denn der durchspülte Anker, vom Salz des Meeres ganz marod geworden, bot keinen Halt mehr für das Schiff und die Familie. Sie alle waren in der vermeintlichen Sicherheit schon lange davor verloren.

Kapitel 4

Als die Sintflut kam

Anna war an Land auf festem Boden voller Zuversicht und Hoffnung. Sie war schon groß und doch noch ein Kind, als sie mit einer Freundin in die Ferien fuhr. Die beiden Mädchen kicherten albern und unbeschwert, genüsslich liegend auf einer schönen Wiese, nichts denkend und sorgenfrei, als es am Mittag von der Kirchenglocke zwölf Uhr schlug. Mitten am Tag, es war hell, es strahlte die Sonne, doch der Schlag der Uhr traf Anna wie ein gewaltiger Blitz. Erbarmungslos drangen diese Klänge wie ein Schwertschlag in ihr Ohr und durchbohrten ihren Körper wie kalter Stahl. Entsetzt sprang sie auf und blickte erschrocken auf die Turmuhr. Tausend Gedanken schossen durch den leeren Kopf. Sie strengte sich an, doch die Zeiger auf dem Ziffernblatt verschwommen zu skurrilen, in Wasser getränkte Fäden und vor ihrem inneren Auge flackerte der Vater wie eine zischende Flamme auf, die bald einen unausweichlichen Flächenbrand auslösen würde. „Los, pack deine Sachen, wir müssen gehen", sprach sie zur Freundin, „schnell! Ich muss zurück! Ich muss nach Hause! Los, komm!" Wenn sie jetzt nach Hause ging, wusste Anna, was auf sie zukam. Doch sie zögerte keinen Moment lang. Sie hatte Angst, und ihr Herz machte seine Türen zu. Ihre Familie war in großer Gefahr.

Anna raste in ungewisser Gewissheit ihrem Zuhause entgegen. Als sie von Fern das Schiff mit dem längst erworbenen Leck und den rostigen Griffen sah, war sie wie gelähmt und gleichzeitig doch bereit, direkt auf ihr Schicksal zuzugehen. Sie beschleunigte ihren Gang, sprang auf das Schiff, lief über Deck, es stürmte und es tobte, die Wellen schlugen bedrohlich hoch gegen das taumelnde Schiff. Die Mutter lief schreiend dem Mädchen entgegen, erzählte vom Vater, der sich tapfer in die Fluten warf, den kaputten Anker tief in den Meeresboden stoßend, um das Schiff und die Familie im letzten Moment zu retten. ...

… Sie brach herein. Die Sintflut. Ohne Erbarmen. Ohne Rettung. Diese eine große Welle. Sie überspülte das Schiff. Alles wurde von ihr verschlungen. Es gab keine Gnade. Der Bug des Schiffs zerschellte in tausend scharfe Splitter. Alles wirbelte durch die Luft. Es war vorbei. Das Schiff versank im Meer. Tiefer und tiefer. Für immer und ewig. In den Fluten vergraben. War alles verloren. Die Mutter schleuderte es in hohem Bogen irgendwo an Land und war auf nimmer wieder gesehen. Das Wasser sog Anna in sich auf und riss sie mit sich in die undurchdringbare Tiefe weit hinab. Sie versank im Meer und ließ sich einfach hinuntergleiten. Sie hatte aufgegeben, denn das Wasser drückte so schwer wie Blei. Mit weit aufgerissenen Augen begegnete sie dem toten Vater, der ihr etwas ins Ohr flüstern wollte. Doch Anna fühlte sich schuldig und hielt mit beiden Händen fest die Ohren zu. Schuldig, ihn und alle auf dem Schiff im Stich gelassen zu haben. Sie allein war schuld an diesem großen Unglück! Denn wie oft hatten ihre Eltern sie ermahnt, das Schiff für sie zu lenken. Wie oft hatten sie Anna dafür getadelt, dass sie ein unfähiges Kind wäre, das immer versagte. Das Schiff war zu groß, sie war zu klein, das Meer zu rau für diese zarte Kinderseele. Doch in diesem Moment der Ohnmacht klammerte sie sich an diese Lügen. Und als der tote Vater, flüsternd im Meer an ihr vorbeitrieb, drückte sie ihre Hände schützend an die Ohren und schrie laut im Taumel der Hilflosigkeit. Im Rausch des eigenen Überlebenskampfes stieß sie den leblosen Körper des Vaters und das Geflüster, das er von sich gab, mit einem dumpfen Schlag weit weg in die Dunkelheit des Meeres. In ihrer Angst und Panik erreichten seine Worte sie nicht mehr, die ihr diese Schuld von den Schultern nehmen wollten. Mit diesem brutalen Schlag gegen den Toten und seine rettenden Worte stieß sie alles Licht von sich weg und es wurde auf lange Zeit dunkel in ihr. Inmitten dieser Sintflut bewusstlos wie tot im Meer treibend erwachte sie erst einige Tage nach diesem Ereignis aus ihrer Ohnmacht. Sie fand sich inmitten des Ozeans auf einem kleinen Splitter Holz, das von ihrem Schiff stammte, dahintreibend im kalten Wasser. Scheinbar zufällig hatte sie überlebt. Doch das Geschwür aus ihrer Kindheit, dieser unnachgiebige Parasit, war aufgeplatzt und hinterließ tiefe, schmerzende Wunden in ihr. Angst und Scham einer ungerechten Schuld überdeckten sie wie Schatten, von denen jeder dunkler als der andere war. Es war kein Licht, kein Schiff, kein Anker mehr in Sicht. Sie war allein und zum zweiten Mal verlor sie alles, was sie hatte. Es waren nicht nur ihre Freunde an Land, die Blumen und die Tiere, nein, dieses Mal war es ihre Familie und ihr ganzes Leben, an das sie damals glaubte.

Anna trieb auf dem letzten Stück Heimat auf dem Wasser dahin, immer weiter hinaus auf das offene Meer. Sie sah zwar die Sterne und die Sonne, doch in der Nacht war es kalt und voller Dunkelheit. Sie dachte oft, dass sie nun sterben würde, denn das Meer bot keinerlei Aussicht auf Rettung. So brachen ihre Willenskraft und ihre Seele entzwei, und sie gab sich der Strömung in sinnlosem Treiben hin. Das Salz des Meeres heilte auf der Haut die Wunden des Parasiten. Doch in ihrem Inneren blieb er bestehen und trieb wütend sein Unheil, jede Nacht und jeden Tag. Anna gewöhnte sich an den Parasiten und an den haltlosen Zustand auf rauer See. Irgendwann konnte sie sogar in der Dunkelheit wieder sehen. Doch die Sicht blieb verschwommen, vom Wasser und dem Salz getrübt. Irgendwann hatte sie sogar das Land, die Familie und die Freunde vergessen, denn sie war nun auf dem Meer zuhause. Starr und unfähig, sich zurück an Land zu begeben, blieb sie doch stets in Bewegung, durch die äußeren Kräfte von Wellen und Wind gelenkt. Sie klebte förmlich an diesem kleinen Stück Holz, denn sie wusste, sie dürfte es niemals loslassen. Weder am Tag, wenn die Sonne heiß auf ihre Hände brannte, noch in der Nacht, wenn sie schlafen wollte und die Kälte ihre Kräfte raubte. Die Jahre vergingen und Anna wurde erwachsen. In der Zwischenzeit begegnete sie einigen Menschen, die sie mit Wasser und Essen versorgten und sie ein kurzes Stück weit in ihrem Boot begleiteten. Wenige wollten sie aus dem kalten Wasser ziehen, doch Anna hatte sich inzwischen so sehr an dieses Leben gewöhnt, dass sie die Idee einer Rettung befremdend empfand. Denn die Schatten waren in der Nacht nur noch selten da und so dachte sie, dass es ihr half, wenn der größte Teil von ihr im Wasser verborgen blieb, sodass nur Kopf und Hände sichtbar waren. Eines Nachts kam eine Gestalt auf sie zu und machte ihr ein verlockendes Angebot. Sie willigte ein und ließ sich von ihr aus dem Meer ziehen. Zwei Tage und zwei Nächte war sie frei. Es war herrlich, auf diesem einen Boot zu sein! Doch plötzlich, ohne Vorankündigung und ohne Skrupel, stieß die Gestalt sie jäh zurück ins Wasser. Anna musste um ihr Leben bangen, denn sie hatte im vermeintlichen Glück den rettenden Splitter der verlorengegangenen Heimat im Wasser vergessen, der nun weg war. Sie hatte kein Holz mehr, an dem sie sich hätte festhalten können. Anna schwamm. Sie schwamm um ihr Leben. Tag und Nacht. Nacht und Tag. Die Wellen. Das Wasser. Sie war in großer Not. Die Dunkelheit. Die Schatten. Alles war nur in Fragmenten da. Weit draußen. Auf dem Ozean. Alleine. Sie schloss die Augen. Sie schwamm. Sie vergaß. Und plötzlich: Wie aus dem Nichts glitt ein neues Treibholz an ihr vorbei. Mit letzter Kraft schwamm sie darauf zu, griff nach dem Holz, sie war gerettet! Sie klammerte sich an dieses kleine Stück Holz im großen Ozean und in diesem Moment war es für sie die ganze Welt. Sie war so glücklich, sich in Sicherheit zu fühlen, und beschloss, dieses kleine Stück Holz nie mehr wieder loszulassen. Doch in Wahrheit war sie immer noch auf dem Meer, diesem weiten, tiefen Ozean, und immer noch stetig in Gefahr.

Doch das Meer wurde milder und eines Tages fuhr ein freundlicher Mann in einem kleinen Boot an ihr vorbei. Er winkte ihr zu und Anna rief lachend: „Wie geht es dir? Kommst du zu mir hinüber?" Der freundliche Mann dachte: „Warum hat sie kein Boot?" Er wurde neugierig und rief ihr zu: „Ja, ich komme, warte einen Moment auf mich!" Dann wendete er geschickt sein Boot und fuhr direkt auf Anna zu. Anna war freudig erregt, als er näher kam. Die zwei schauten sich lange an, tief in die Augen blickend, als sie sich gegenüberfanden. Niemand sprach ein Wort. Doch beide fühlten eine Wärme in ihrem Herzen und beide wussten, dass sie einander mochten. Nach einer Weile sprach der Mann: „Ist es nicht kalt im Wasser? Willst du zu mir aufs Boot kommen?" Doch Anna lehnte ab und gab vor, sich im Wasser wohlzufühlen. Auch wenn der Mann dies nicht verstand, wollte er bei Anna bleiben. So waren sie von da an zusammen auf dem weiten Ozean; er auf dem warmen Boot und sie im kalten Wasser. Die beiden hatten gute Tage und die See erschien Anna nun freundlich und ruhig, wie der junge Mann. Manchmal kletterte sie sogar auf sein Boot und wenn er es steuerte und genau wusste, wohin er fuhr, fühlte sich Anna sehr geborgen. Doch sie hatte ihr kleines Stück Treibholz immer mit an Bord, denn sie konnte ihren Überlebenskampf von damals nicht vergessen, als die Gestalt sie vom Boot ins Wasser stieß. Das Boot des jungen Mannes war schön aufgeräumt, jedes Ding an seinem festen Platz. Es war gut gebaut und wenn die Sonne schien, funkelte es vor Sauberkeit. Mit der Zeit fand der Mann es albern, dass Anna ihr Holz wie ein kleines Kind seinen Teddybär mit sich trug. Auch musste er sein Boot immer wieder säubern, da die Algen und Muscheln des Holzes Rückstände hinterließen. Doch jedes Mal, wenn er Anna dazu aufforderte, ihr Holz zurück ins Meer zu werfen, bekam sie Angst und klammerte sich noch fester daran, ging sogar für Stunden und Tage zurück ins kalte Wasser. Sie konnte es nicht loslassen, doch der Mann verstand sie nicht. Wie auch, denn sie sprach mit ihm nie über ihre Vergangenheit. Eines Tages fasste der junge Mann einen Plan und fragte sie: „Willst du mit mir eine Familie gründen?" Und nach einer Pause fügte er hinzu: „Du musst dafür aber für immer mit mir auf dem Boot sein." Anna war sprachlos. Sie hatte Kummer und blieb stumm. Was sollte sie ihm denn nur sagen? Sie konnte nicht zu ihm ins Boot, denn es war eckig, es war kantig und es war klein. Doch der Mann gab nicht auf und sprach weiter zu ihr, als ob er ihre Gedanken erraten hätte: „Ich habe mich an dieses Boot gewöhnt. Es ist zwar eckig und klein, doch es ist sauber und stabil. Auch du kannst dich an dieses Boot gewöhnen. Du musst nur aus dem Wasser kommen und mir das Ruder überlassen." Er lachte und streckte Anna seine Hand entgegen. Da er nur sein kleines Boot kannte, war es für ihn die ganze Welt. Doch Anna zögerte und fragte: „Was ist, wenn ich auf diesem kleinen Boot nicht glücklich bin?" Der Mann schaute sie ungläubig an und verstand ihre Frage nicht. „Warum solltest du unglücklich sein? Meine Welt auf dem warmen Boot ist tausendmal besser als deine Welt im kalten Wasser." Und nach einer langen Pause, die jedoch nicht zu seinem Verständnis beitrug, sprach er weiter: „Ich habe nur dieses eine Boot, aber ich mache dir Platz darauf. Wir sprechen uns ab, wann wir essen, und so halten unsere Vorräte für viele Tage. Wir sind frei, uns in der Nähe des Ufers aufzuhalten, und so können wir jederzeit an Land, wann immer wir es brauchen." Seine Pläne weiterschmiedend und seine Gedanken so eckig geformt wie sein Boot, fügte er hinzu: „Da ich aber für dieses Boot verantwortlich bin, werde ich es auch lenken. Und da ich die Vorräte für uns besorge, werde ich auch sagen, was wir essen werden. Schließlich kann ich dir so ein sicheres Zuhause bieten. Das ist doch nicht so schlecht. Nun komm, wir teilen uns dieses Boot. Aber du musst wissen, es ist meins." Er streckte Anna erneut seine Hand hin, um dieses frierende Geschöpf endlich aus dem kalten Wasser zu ziehen, hinein in sein sicheres, warmes Boot. Doch Anna war unzufrieden und erwiderte karg: „Ich überlege es mir." Sie legte den Kopf seitlich auf das Holz und paddelte wie auf einer Luftmatratze ein Stück weiter weg. Inzwischen waren die beiden näher am Land und Anna verstand nicht, wie man sich auf einem so kleinen Boot in der Nähe der Küste wohl fühlen konnte. Sie neckte ihn vorlaut: „Was denkst du nur, wie eine Sardine legst du mich in deinem kleinen Boot in Regeln ein. Ich war auf weiter See und hatte meine Freiheit, Tag und Nacht." Der junge Mann sah sie ungläubig an. Er verstand ihre Worte nicht. Hatte er ihr denn nicht ein freundliches Angebot gemacht? Anna nahm ihn gnadenlos aus wie einen toten Fisch. „Immer nur sehe ich das gleiche Land, einmal von rechts und einmal von links. Wie langweilig das doch ist! Denn ich hatte fast den ganzen Ozean für mich alleine. Niemals komme ich auf dein kleines Boot!" Sie war spöttisch, wütend und traurig zugleich; warum sie das war, wusste sie in diesem Moment nicht. Denn sie hatte in ruhigeren Tagen vieles vergessen. Sie hatte vergessen, wie stürmisch das Meer einst zu ihr war. Sie hatte vergessen, dass sie darin gefangen war. Sie hatte vergessen, dass ihr kleines Stück Holz weit weniger Platz hatte als dieses Boot. Sie hatte vergessen, dass die rauen Tage genauso eckig waren wie seine Regeln. Und sie hatte vergessen, dass auch auf dem Meer jeder Tag genau gleich aussah. Nur durch die lauernden Gefahren schienen sie interessanter als die sichere Küste, wo der Mann nun meistens war.

Der junge Mann fühlte sich von Anna in seinem ganzen Stolz verletzt und sprach darauf nicht mehr oft mit ihr. Er fragte sie auch nicht mehr, ob sie auf sein Boot kommen wollte. Dafür lud er andere ein und zeigte ihr, wie schön sein kleines Boot sein konnte. Anna hingegen schwamm immer öfters weiter weg vom Boot, hinaus ins Meer, bis sie nur noch als ein kleiner Punkt zu sehen war. Anfangs tadelte sie der junge Mann, dass sie so weit hinausschwamm. Doch sie lachte ihn aus und fand es albern, dass er sich, je mehr sie sich nach draußen wagte, immer mehr an sein kleines Boot klammerte. Auch er wurde spöttisch und wütend zugleich und band ihr Treibholz mit einer Schnur an seinem Boot fest. Denn er war sich sicher, so verlor sie die Lust auf den Ozean und würde irgendwann einsehen, dass das Boot die bessere Lösung war. Doch Anna konnte den Knoten lösen und schwamm daraufhin nur noch weiter hinaus. Der freundliche Mann wurde mürbe und wollte nicht mehr nach ihr sehen. Bis sie eines Tages auf ihrem kleinen Treibholz einfach am Horizont verschwand, ohne auch nur ein einziges Wort zu sagen. Sie war weg und er allein.

Anna schwamm hinaus, freudig, ihre einstige Freiheit wiedergefunden zu haben. Die Schatten kamen erneut, doch sie wusste, dass sie nach jeder Nacht wieder verschwanden, und so wurden sie ihre steten Begleiter. Sie hatte sich an sie gewöhnt und war sogar froh, dass sie da waren. Denn Anna kannte sie besser als das Leben des jungen Mannes und so nahm sie tapfer den Kampf im Meer wieder auf. Von da an glaubte sie fest daran, dass das

Meer ihre Heimat wäre und schwamm im Ozean verloren umher. Kurz, nachdem sie das Boot mit dem freundlichen Mann verlassen hatte, vernahm sie eine liebliche, leise Stimme, die zu ihr sprach: „Anna, geh an Land. Geh in die Wüste." Dann war es still. Anna blinzelte und glaubte, nur das Echo der Wellen vernommen zu haben. Doch die liebliche Stimme sprach weiter: „Die Wüste ist karg, doch sie hat ihren Zauber. Bepflanze sie und der Zauber wird dir offenbart. Nun geh. Es ist Zeit, das Meer und seine Stürme hinter dir zu lassen." Nun versuchte Anna zu sehen, wer aus dem Himmel mit ihr sprach. Doch sie sah nur die üblichen Wolken, die jeden Tag aufs Neue an ihr vorbeizogen. Und da war ein goldener Kreis, doch sie dachte sich nichts dabei, denn sie sah in ihrer Einsamkeit viele Dinge, die nicht wirklich existierten. Da es ihr langweilig war und die schöne Stimme sie interessierte, fragte sie neugierig zurück: „Warum soll ich das denn tun? Das Meer ist doch gut für mich, ich habe mich längst an seine Stürme gewöhnt. Warum soll ich es verlassen? Für die Wüste? Sie hat mir nichts zu bieten." Sie presste die Lippen zusammen und verformte ihr Gesicht zu einer leichten Grimasse. Sie war sich darüber im Klaren, dass nur die Fantasie mit ihr sprach. Ohne Erwartungen auf eine Antwort und höchst amüsiert paddelte sie lustig im Kreis herum. Doch zu ihrem Erstaunen hörte sie die Stimme erneut: „Weil dir die Wüste sehr wohl etwas bieten kann." Dann folgte eine lange Pause.

Anna blieb still, rümpfte ihre Nase und streckte den Kopf noch höher in die Luft. Wer sprach mit ihr? Sie versuchte, etwas zu sehen, doch sie sah nur diesen gewöhnlichen Himmel mit diesem eigenartigen, goldenen Kreis. Sie war verwirrt. Und erneut sprach jemand zu ihr, ohne dass sie etwas sah: „Geh in die Wüste, bepflanze sie und erfahre den Zauber. So wirst du ein Geschenk für dich vorfinden. Es wartet auf dich." „Oh, ein Geschenk", rief Anna entzückt. „Dann hole ich es mir und gehe gleich zurück ins Meer", schmiedete sie sich in Worten und Gedanken ihren sicheren Plan. Und sich zu diesem eigenartigen Himmel wendend sprach sie: „Na gut, ich gehe hin. Ich hole mein Geschenk und nachher kehre ich zurück ins Meer, hörst du?" Doch es blieb still. Nur die Wellen, die regelmäßig gegen ihr kleines Stück Holz schlugen, antworteten ihr. „Das Geschenk soll schon bereit sein, denn ich habe keine Zeit zu bleiben. Hörst du? Verstehst du mich, Himmel?" Bestärkt durch ihre klaren Worte kehrte sie dem Meer, ihrer Heimat für viele Jahre, den Rücken und schwamm der Küste entgegen. Langsam. Mechanisch. Monoton. Doch je mehr das Land in Sicht war, desto größer wurden auch ihre Erwartungen und damit ihre Bewegungen schneller und lebendiger, und die Vorfreude auf eine Belohnung für ihre Mühsal wurde stärker und begieriger, je mehr sie dem Land entgegeneilte. Ohne Pause, nach etlichen Tagen und Nächten, erreichte sie freudig und außer Atem den langersehnten Strand mit ihrem Geschenk!

Da lag sie nun vor ihr. Die Wüste. Karg und leer und weit. Es war nichts zu sehen und nichts zu hören. Nur Sand und nur Wind. Die Enttäuschung war groß! Denn die Vorstellung ihrer wildgewordenen Fantasie eines fein säuberlich verpackten, köstlichen Geschenkes war ganz anders als das, was sie nun vorfand. Ein Nichts breitete sich vor ihr aus und Anna lief hastig den Strand hinauf und hinab, mehrere Male und immer wieder, durchsuchte jede noch so kleine Ecke, doch sie fand weder einen Grashalm noch irgendein Geschenk. „Hier gibt es einfach nichts außer diesem Nichts in einem öden, weiten Nichts", beschimpfte sie tief verärgert dieses Nichts. Weiter grummelnd und brummelnd, „nichts, nichts, nichts", setzte sie sich in den heißen Sand, verschränkte ihre Ärmchen vor der Brust, gewillt, dem Himmel, der sie hierhergeführt hatte, ihre ganze Wut entgegenzusetzen, denn hatte er ihr nicht ein Geschenk versprochen? Und so wartete sie. Sie wartete stundenlang. Ohne sich zu rühren. Ohne dass irgendetwas passierte. Stille überall.

Ihr Siegeswille schwand von Stunde zu Stunde und Hilflosigkeit umhüllte sie wie ein löchriger Mantel. Anna schluchzte: „Dieser blöde Himmel, warum nur habe ich ihm geglaubt!" Und so sah sie in der letzten Hoffnung zum Himmel hinauf und schrie verzweifelt: „Hallo, Hallo, Haaaallo! Ist da jemand? Wo bist du? Wo ist mein Geschenk?" Doch dieses Mal sah sie weder

Wolken noch einen goldenen Kreis noch erhielt sie eine Antwort auf ihre Fragen. Sie rief und rief, doch sie hörte nichts als ihre eigene Stimme, ihr eigenes Echo in der weiten Wüste, in diesem großen, leeren Nichts. Sie gab auf. Es war sinnlos. Die Nacht brach herein. Dem angerufenen Himmel ein letztes Mal trotzend nahm sie drei Körnchen von Weizen in die Hand, die sie neben sich im Sand fand, und bohrte sie tief in den Boden hinein. Verächtlich, ängstlich und wütend schrie sie mit letzter Kraft: „War das mein Geschenk? Diese drei kleinen Körnchen? Nein, hier gibt es kein Geschenk! Hier gibt es keinen Zauber! Und du, du existierst auch nicht!" Schluchzend brach sie zusammen und die Dunkelheit wiegte sie erschöpft in den Schlaf.

Als Anna am nächsten Tag erwachte, erschrak sie. Sie hatte vergessen, wo sie war. Sie hatte auch vergessen, wie es war, festen Boden unter den Füßen zu spüren. Zu lange schon trieb sie im Meer herum, willenlos schaukelnd von Wellen und Wind. Hastig sprang sie auf, rieb sich wie ein kleines Kind die roten Äugelein, fuhr mit der Hand über die Nase und blickte links, rechts, vorwärts, rückwärts, wieder links, wieder rechts, auf den Boden, überall suchend nach Orientierung. Zu ihrem Erstaunen streckten die drei Weizenkörnchen, die sie letzte Nacht tief vergraben hatte, bereits ihre Köpfchen aus dem Sand, und es dünkte sie, als ob sie ihr zulächelten. Ein kurzer Moment von Wärme. Doch immer noch ohne Orientierung und vergessend, was die Wolken und der goldene Kreis ihr sagten, wollte sie dem Nichts um sie herum ihre ganze Hilflosigkeit in den Rachen schreien, als sie plötzlich, weit weg am Horizont, zwei kleine Punkte entdeckte. Sie kniff die Augen zusammen und bemerkte, dass die Punkte immer größer wurden. Anna formte die eine Hand wie ein Dach schützend über ihre Augen und erkannte in den beiden Punkten zwei Menschen, die direkt auf sie zukamen. Ein tiefer Seufzer löste all ihre Spannungen und verwandelte ihre Hilflosigkeit in Gewissheit. Ja, sie war in der Wüste und, ja, nun kam ihr Geschenk direkt auf sie zu! Sie sprang, von neuer Energie erfüllt, auf der Stelle auf und ab, hoch und hinunter, hin und her und wild im Kreis herum. Jauchzend und inmitten eines feurigen Freudentanzes rief sie den herankommenden Menschen stürmisch zu: „Hallo! Ich bin hier!" Sie hüpfte und sie warf ihre Beinchen in die Luft und die Welt um sie herum war plötzlich wunderschön. „Endlich, endlich, da kommt mein Geschenk!" Und sie blickte in den Himmel und rief mit hochgeworfenen Armen: „Danke, lieber Himmel, danke, goldener Kreis! Danke, danke, danke!"

Als die beiden Punkte bereits ganz nah waren, erkannte Anna, dass es zwei Männer waren. Als sie vor ihr standen, begrüßten sich alle drei voller Freude, denn die beiden Männer hatten lange kein so wildtanzendes Geschöpf mehr hier auf Erden gesehen. Doch kaum hatten sie sich begrüßt, wurde Anna auch schon wieder ernst. Schnell ließ sie ihren Blick an den beiden Männern hinuntergleiten, in hastiger Erwartung auf ihr Geschenk. Doch es war nicht da, die Hände der Männer waren leer. Anna rümpfte die Nase und fragte leicht gereizt: „Wo ist mein Geschenk?" Als keine Antwort folgte und die Männer sie nur ungläubig anblickten, fuhr sie fort: „Ich warte auf mein Geschenk. Hier. Der Himmel hat es mir versprochen. Und ich habe auch keine Zeit, noch länger mit Euch zu sprechen. Denn Ihr müsst wissen, ich muss schnell zurück ins Meer." Um den Ernst ihrer Worte zu unterstreichen, streckte sie die eine Hand aus, die andere stemmte sie sich in die Hüfte. Die beiden Männer waren überfordert und verstanden kein Wort von dem, was diese junge Frau zu ihnen sagte. Und so sahen sich alle drei nur sekundenlang stumm an, doch Anna kam es vor wie Wochen und Monate. Die beiden Männer hatten sich gefasst. Der eine sprach mit lauter Stimme: „Nicht so hastig, junge Frau!" Er stemmte seine Hand in die Hüfte und stellte sein Bein wie einen Pfeiler vor sich, um seine hohe Gestalt darauf zu stützen. Doch der andere fügte schnell und sanft hinzu: „Willst du uns nicht erzählen, wie du hierhergekommen bist?" Anna blickte die beiden Männer lange an. So unterschiedlich sie sprachen, so verschieden waren sie in ihrer Erscheinung: Der Forsche war drahtig und hochgewachsen und an seinem Kopf klebte schütteres, dunkles Haar. Der Sanfte war weich in seiner Sprache und in seinen Bewegungen und sein helles, lockiges Haar versteckte er unter einer Mütze. Der Dunkelhaarige hatte einen stacheligen Ziegenbart und unterstrich seine strengen Gesichtszüge gerne mit seiner tiefen, lauten Stimme. Der andere mit seiner schönen Haarpracht war ein fröhlicher, doch schüchterner Jüngling, ohne Bart und ohne Kanten. Er war wirklich schön, doch Anna schüttelte schnell den Kopf und besann sich auf ihre Mission. Sie wollte keine weitere Zeit mehr hier in der Wüste verlieren und fragte die Männer direkt: „Seid Ihr mein Geschenk?" Nun stemmte sie beide Hände in die Hüften und stand in einem stabilen Dreieck da. Der Jüngling, erfreut über diese junge und wagemutige Frau, erwiderte ebenso direkt wie sie: „Nein, ich bin nicht dein Geschenk, es tut mir leid. Aber ich hoffe, du wirst es bald erhalten." Und nach einer kurzen Pause und einem schelmischen Blick fragte er: „Willst du ein Stück weit mit mir gehen? Dann können wir uns kennenlernen und herausfinden, ob wir Freunde sind. Ich warte so lange hier mit dir, bis du dein Geschenk erhältst." Seine Augen strahlten und lachten und er hielt ihr seine weiche Hand entgegen. Doch der bärtige, stachelige Mann trat just in diesem Moment hervor, versperrte dem Jüngling die Sicht und sprach mit tiefer, ernster Stimme: „Ich bin dein Geschenk! Und ich bin sogar schon dein Freund. Weißt du denn nicht, dass ich die Sonne höchstpersönlich bin?" Sein fordernder Blick richtete sich direkt auf Anna und er bäumte sich vor ihr auf wie ein hoher Turm, dessen dunkler Schatten sich auf dem Sand spiegelte. „Komm, lass uns hinaus ins Meer gehen." Er drehte sich um und lief auf dem Sand direkt ins Meer hinein. Anna war eingeschüchtert und zum zweiten Mal enttäuscht. Sie hatte sich ihr Geschenk ganz anders vorgestellt. Doch weil er so groß war und sein Kopf bis in den Himmel ragte, dachte sie im Stillen: „Vielleicht ist er ja wirklich mein Geschenk. Wenn er es so sagt, wird es auch so sein." Und ohne weiter darüber nachzudenken, ungeduldig getrieben vom Rausch des Meeres, folgte sie nun diesem drahtigen Mann, wie einst den Wellen und dem Wasser willenlos gehorchend, direkt in die Ungewissheit zurück in die tiefe, weite See. Anna war blind für den sprießenden Weizen, den sie in der Nacht gepflanzt hatte, und Anna war taub für die freundlichen Worte des Jünglings. Der Jüngling, stumm und starr vor Schreck, sah der jungen Frau voller Sehnsucht nach, dem unausweichlichen Gang ihres drohenden Schicksals. Er seufzte und ließ seinen leeren Blick auf den Boden fallen. Mit gesenktem Haupt und hängenden Schultern ging er traurig seiner Wege. Entlang dem langen Strand, weit weg von dieser Frau, die wie eine Fata Morgana in sein Leben trat, unwirklich und so schnell, wie sie es auch wieder verließ. Anna ließ alles zurück und folgte blind und taub diesem Mann, der vorgab, ihr Geschenk, ihr Freund und die Sonne höchstpersönlich zu sein.

Just in dem Moment, als sich Anna zurück ins Wasser fallen ließ, tat sich der Himmel auf und der goldene Kreis sank zu Boden und wurde am Ufer wieder sichtbar. Anna kehrte um und erkannte langsam die Konturen eines Tieres. Das Tier saß auf einem schönen, goldenen Sessel, der ganz sanft und schwerelos über dem Boden schwebte. Es war eine Katze, die ihr freundlich zublinzelte. Ihr Fell war seiden, sie war klein und wunderschön. Anna fragte die Katze: „Warst du das, da draußen auf dem Meer?" Die Katze schnurrte ein fröhliches „Ja" und bohrte ihre Krallen freudig in den Sessel. „Ist mein Geschenk wirklich dieser Mann, der behauptet, mein Freund zu sein?" Doch die Katze rollte sich auf dem Sessel genüsslich hin und her und verhielt sich so, als würde sie Anna schon tausend Jahre kennen. Sie rieb wie wild ihr kleines Köpfchen an Annas Nase. Dann schnurrte sie laut und lang und liebkoste Anna mit ihren kleinen Tatzen im Gesicht. Anna war so erstaunt über dieses seltsame kleine Wesen auf dem goldenen Sessel, dass sie alles um sich herum vergaß. Und in diesem einen Moment, als sich die Katze an ihrer Nase rieb, erinnerte sie sich plötzlich an längst vergangene Zeiten: an die Tiere und an die Blumen aus ihrer Kindheit. Es war, als ob sie den Hauch einer in Vergessenheit geratenen Sache neu erlebte, der Zauber war endlich wieder da!

Doch der bärtige Mann war ungeduldig und fand dieses seltsame Schauspiel lächerlich, denn seine große Eitelkeit war von der kleinen Katze arg bedroht. So drehte er sich um und schwamm siegessicher mit kräftigen Zügen hinaus aufs offene Meer. Er rief spöttisch zurück: „Was willst du nur mit dieser komischen Katze! Komm mit mir mit, hier draußen ist es einfach toll!" Er spritze Anna und die Katze nass und jauchzte wie wild dazu. „Herrlich ist es hier, herrlich, herrlich, herrlich!" Doch die Katze schenkte ihm keine Aufmerksamkeit und sprach ganz ruhig zu Anna: „Von jetzt an begleite ich dich. Bleibe hier bei mir. Bepflanze die Wüste und erfahre den Zauber. Es gibt hier viel für dich zu tun." Der Sessel der Katze schwebte in der Luft. Die Katze war so freundlich, dass Anna vergaß, wie verloren sie noch vor ein paar Minuten war. „Wie wunderbar alles werden wird", schrie es aus Anna heraus und die Katze stimmte ihr blinzelnd und schnurrend zu.

Der Mann, der bis zu seinem Kopf im Wasser stand, gab nicht auf und rief: „So schön ist es hier im tiefen Wasser, ich bin dein Geschenk! Komm, Anna, komm, und hole es dir!" Er schwamm weiter hinaus aufs Meer. Anna zögerte einen kurzen Moment und sah die Katze fragend an. Doch diese schnurrte nur und leckte sich feinsäuberlich das Fell. Die Stimme des Meeres war groß und vertraut, und Anna blickte wehmütig auf das Meer. Die Katze verstand und sprach mit ruhiger, sanfter Stimme: „Wenn du gehen musst, dann geh. Ich warte hier auf dich. Gib auf dich acht, Anna, und komm zurück, wenn du selbst dazu bereit bist. Ich bin da, wenn du kommst." Sie blinzelte freundlich und legte sich genüsslich auf den schönen, goldenen Sessel; weise genug, zu wissen, dass sie Anna eines Tages wiedersehen würde.

Kapitel 5

Am Grund des Meeres

Anna war traurig, die Katze zu verlassen. Doch sie hatte Angst vor dieser Wüste. Das Unbekannte war für sie weit furchteinflößender als das unnachgiebige Meer, welches sie so gut kannte. Auch wenn das Meer schrecklich mit ihr war, konnte sie es in diesem Moment nicht loslassen. Anna stieß einen tiefen Seufzer aus und nahm ihr Treibholz unter den Arm. Sie stieg zurück ins Wasser. Zurück in die Tiefe. Zurück in die Ungewissheit. Sie war verzweifelt und schwamm hinaus. Zu ihm. Er sprach von vielen Geschenken. Von großen Abenteuern. Anna war geblendet. Und weil er der Einzige war, der mit ihr aufs Meer hinaus schwamm, dachte sie sogar, er wäre wirklich ihr Freund. Sie vertraute ihm, doch er lenkte sie nur ab von allem, was mit der Katze und dem Zauber zu tun hatte.

Anna verlor die Orientierung. Denn der Mann schwamm immer voraus und immer öfters fiel sein langer Schatten auf sie nieder. Je länger sie mit ihm im Wasser schwamm, desto mehr ärgerte sie sich über ihn. Dieser große, drahtige Mann mit dem Ziegenbart sprach nur von sich selbst und hörte Anna überhaupt nicht zu. Er verdeckte ihr die Sicht, und so wurde sie regelmäßig von den Wellen überspült, die ihre Lungen mit Salz und Wasser füllten. Aber anstatt ihr zu helfen, spottete er nur: „Was bist du für ein dummes Ding? Hast du nicht gelernt, besser zu schwimmen? Schau nur, ich kann sogar rückwärts schwimmen, ohne Wasser in meine Lungen zu bekommen." Mit diesen Worten drehte er sich auf den Rücken, das Wasser mit seinem großen Körper aufpeitschend, sodass Anna erneut von seinen Wellen überspült wurde. Sie hatte längst begriffen, dass er nicht ihr Geschenk sein konnte. Als er sie wieder nass spritzte, schrie sie ihn wütend an: „Warum nur ist es mit dir so dunkel, wenn du die Sonne bist? Ich sehe kein Licht in dir und auch nicht um dich herum. Die leere Wüste bot weit mehr Fülle, als du sie je haben wirst!" Sie bereute in diesem Moment ihre Ungeduld an Land und erinnerte sich an den freundlichen Jüngling, an die kleine Katze und an die Worte, die sie zu ihr sprach: „Bepflanze die Wüste und erfahre den Zauber. So wirst du ein Geschenk für dich vorfinden." Doch Anna war bereits viel zu weit draußen und sie hatte den Mut verloren, alleine ans Ufer zurückzukehren. Der stachelige Riese fühlte sich in seiner Eitelkeit gekränkt und erwiderte erneut in spöttischem Ton: „Du bist einfach zu klein. Wärst du so groß wie ich, dann würdest du das Licht um mich herum sehen." Er fand Gefallen an diesem hübschen Ding, das verloren mit ihm auf dem Meer dahintrieb. „Ich bin die Sonne und wenn du willst, kannst du auf meinen Schultern sitzen, um zu wissen, wie ich die Welt von hier aus sehe." Doch Anna lehnte ab und schwamm tapfer weiter.

Meist legte der Mann seinen turmhohen Schatten über sie, sodass Anna wieder die Dunkelheit fürchten lernte. Auch wurde der Parasit in ihr wieder wach und fing an, sich von seinem Wirt zu ernähren. In seltenen Augenblicken wurde der Riese müde und legte zum Schlaf seinen Kopf zur Seite. Dann sah Anna die wirkliche Sonne und wurde von ihr bis ins Innerste gewärmt. Der Parasit hörte auf, sich an ihr zu vergreifen, doch diese Momente des Glücks waren nur von kurzer Dauer. Bald wachte der Riese wieder auf, die Dunkelheit kam zurück und mit ihr der Parasit. Anna dachte immer wieder an die Katze und wollte zurück zu ihr ans Ufer. Doch der große Mann lockte sie weiter hinaus auf das Meer, bis sie so weit draußen waren, dass Anna ohne ihn in Angst verfiele. Tief und dunkel war es hier, sodass der Riese glaubte, die kleine Katze am Ufer endlich besiegt zu haben. Doch diese wartete geduldig auf ihrem goldenen Sessel und putzte sich ihr schönes Fell.

Das Meer wurde ungemütlich und die hohen Wellen peitschten gegen das Treibholz. Der Mann, diese eitle Sonne, fand größere Hölzer und prahlte, wie gut er damit schwimmen konnte. Er lenkte Anna mit seinem Hochmut ab und sie vergaß, dass sie sich auf ihrem kleinen Holz in großer Gefahr befand. Eines

Tages kam eine fremde Gestalt auf einem noch kleineren Hölzchen daher. Es war so klein, dass man es kaum sah. Anna war beeindruckt und so winkte sie ihr fröhlich zu: „Hallo, ich bin Anna!" Die Gestalt lachte. Winkte freudig. Kam direkt auf sie zu. Anna sah nur den Kopf und so blieb es ihr verborgen, dass es eine schreckliche Kreatur war, die sich im Meer versteckt hielt. Sie bemerkte auch nicht, dass die Kreatur das Wasser um sie herum zu hohen Wellen aufpeitschte. Doch der drahtige Riese erkannte die herankommende Gefahr schon von weitem und rettete sich heimlich auf eine kleine Insel.

Es kam, wie es kommen musste: Eine hohe Welle schlug mit aller Kraft zu, zischend, knarrend, tobend, sog das ungebändigte Wasser Anna und diese Kreatur in einem Zug hinunter. Sie fielen zusammen in den Abgrund, tiefer und tiefer, bis sie am Grund des Meeres aufprallten. Anna schrie und war zutiefst verängstigt. So tief unten war sie noch nie und die Schatten bäumten sich über ihr auf, in einer Dimension, die sie vorher niemals gesehen hatte. Angstverzerrt starrte sie die Kreatur an und ein kalter Schauer lief ihr über den Rücken. Denn die Augen der Kreatur verformten sich zu dämonischen Schlitzen und die Pupillen froren eiskalt ein. Die Kreatur war am Abgrund in ihrem Element und feuerte mit geballten Fäusten gegen das Wasser, so dass sich dieses noch wilder im Kreise drehte. Sie lachte diabolisch und schrie in einem fort: „Anna, Anna, du kleines Ding, wie verloren siehst du nur aus! Jetzt kannst du mit mir sterben! Der Tod und die Zerstörung sind mein Zuhause!" Anna lag verängstigt in den Fängen dieser Kreatur. Ohne Aussicht auf Rettung; Wer würde sie hier nur finden? Niemand. Sie war verloren. In der Todesangst, alles um sie herum vergessend, dachte sie in diesem einen Moment nur an ihn: an den groben Riesen, der behauptete, die Sonne selbst zu sein. Wie harmlos er doch war im Vergleich zu dieser Kreatur! Warum nur sprach sie bloß mit diesem peitschenden Dämon? Und sie schrie, so laut sie konnte, diesem einen großen Mann um Hilfe.

Die Sonne, so eitel und so raffiniert sie war, wartete geduldig in ihrem Versteck auf der Insel. Ihr Kalkül hatte ihr verraten, dass die Kreatur in Wahrheit ihr Verbündeter wäre und sein Opfer wieder zu ihr zurückbringen würde. Es kam nur auf den richtigen Moment an. Und der war jetzt. So sprang der kühne Lebensretter todesmutig in die Fluten und befreite Anna aus den Klauen dieser schrecklichen Kreatur. Er hob sie aus dem Wasser und legte sie in sein Versteck auf der Insel. Anna atmete tief ein und wusste in diesem Moment: „Ich bin gerettet! Ich lebe!" Die Kreatur war wütend aus den zischenden Wogen aufgetaucht und schlug wie wild um sich herum. Züngelnd schrie sie: „Beinahe hätte ich dich erwischt!" Und mit tosendem Geschrei machte sich dieses hässliche Geschöpf davon und schwamm hinein in den Schlund des Meeres. Dieser eine Mann, der Anna gerettet hatte und doch so listig war wie diese Kreatur, säuselte sanft und leise in ihr Ohr: „Anna, du Liebes, da siehst du nur, wohin du kommst, sobald du mich verlässt." Er legte eine Pause ein, um sicher zu sein, dass Anna ihn gehört hatte. Denn er wollte sich kein zweites Mal, trotz großer Lust an Qual, zurück in die Fänge dieser Kreatur stürzen. Als Anna ihre Augen wieder öffnete, fuhr er lieblich fort: „Ich bringe dich zurück an Land und helfe dir dort, glücklich zu sein. Ich bin doch dein Geschenk! Versprich mir nur dies: Du bist immer für mich da und du verlässt mich nie. Denn ohne mich kannst du nicht leben." Anna sah zu ihm hoch und sein Schatten türmte sich über ihr auf. Noch halb benommen von der Todesangst kam ihr dieser Mann wie ein Retter in der Not, ja, sogar wie ein Engel vor. Es dünkte sie sogar, seine Größe würde den Himmel berühren, und sie fühlte sich in diesem Moment bei ihm sicher. Sie nickte dankbar ihrem Retter zu: „Ja, ich verspreche es dir", und sank darauf in einen tiefen, langen Schlaf.

Anna hatte einen Traum. Sie stieg eine Wendeltreppe in ein Verlies hinunter. Dort sah sie einen alten Mann an einem Tisch sitzen. Er schien sie zu erwarten und winkte ihr zu: „Komm her, ich zeige dir etwas." Anna lief auf ihn zu und erkannte den alten Mann aus ihrer Kindheit, der sie damals vor der Dunkelheit und der Gefahr warnte. Denn er sah genauso aus wie damals im

Traum. Sie stand vor ihm und schaute ihm zu. Er las in einem alten, staubigen Buch und neben ihm auf dem Tisch stand eine kleine Pflanze. Anna fragte ihn: „Was liest du da? Darf ich auch mal darin lesen?" Der alte Mann schaute hoch und sah sie eindringlich an. „Erkennst du mich wieder?" Anna nickte. Dann klappte er das Buch zu und Staub flog durch die Luft. „Anna, die Gefahr und die Dunkelheit sind bald vorbei. Es ist Zeit, dich wieder zu erhellen. Dafür musst du dich nun selbst überwinden. Hier, nimm das Buch und die Pflanze. Sie sind dein. Das Buch erzählt vom Zauber. Lese darin und erzähle davon. Und hier ist deine Pflanze mit drei Samen. Bestelle dein Feld und lasse es wachsen. Nun geh und mach dich an die Arbeit." Er stand auf und überreichte ihr das Buch und die Pflanze mit den drei Samen. Und in diesem Moment begann die Pflanze wie wild zu wachsen und das Buch verlor den Staub. Anna wollte den Titel des Buches lesen, doch in diesem Moment erwachte sie aus ihrem Traum.

ial 2
TEIL 2

Kapitel 6

Die Wüste

Als Anna aus ihrem tiefen Schlaf erwachte, leckte ihr die Katze mit ihrer rauen Zunge das Gesicht. „Liebe Anna, ich bin froh, dass du wieder da bist. Schau, du bist an Land und ich habe hier auf dich gewartet." Sie schnurrte und raspelte wie einen Säbel entzückt ihren Schwanz. Anna blinzelte, denn das grelle Licht der Wüste blendete sie sehr. Es dauerte einen Moment, bis sie Klarheit hatte, wo sie war. „Oh, liebe Katze, wie sehr ich dich vermisst habe!" Sie umarmte die kleine Katze inniglich. Dann fing sie an zu weinen, denn sie war von so viel Güte tief beeindruckt. „Anna, schau", wies die Katze ihren Kopf in eine Richtung, „siehst du die drei Ähren dort? Es sind die drei Samen, die du damals, als du hierherkamst, in den Sand gebohrt hast. Sie sind unterdessen stattlich und schön gewachsen. Ich habe sie gepflegt, solange du weg warst. So kannst du dort weitermachen, wo du aufgehört hast." Anna schaute zu den Ähren und sie staunte nicht schlecht, als sie die drei hohen Pflanzen sah. „Was diese Katze so alles kann", dachte sie. Doch die Katze verlor keine Zeit und sprach weiter: „Nun beeile dich und nutze deine Zeit. Bepflanze den Boden und fange an, den Zauber fließen zu lassen. Dafür bist du hierher zurückgekommen. Ich helfe dir und zeige, was du tun kannst." Anna umarmte ihre kleine Katze wieder und antwortete ihr: „Wir sind jetzt Freunde. Ich werde immer gut für dich sorgen. Das verspreche ich dir." Doch die Katze wehrte ab, denn sie wollte keine Versprechen annehmen: „Ich kann gut auf mich selbst achten. Achte du lieber auf dich, Anna."

In ihrem Übermut lief Anna direkt zu ihrem Lebensretter und erzählte ihm von der Katze und ihrem ungeheuren Plan. Doch die Sonne, selbst daran gewöhnt, im Mittelpunkt zu sein, sah in ihrem Glück eine große Gefahr. Und so unterstützte er vordergründig geduldig ihren Plan, doch gut getarnt beobachtete er argwöhnisch jeden ihrer Schritte ganz genau. Anna war fleißig und begann, neue Pflanzen zu säen, sie zu umsorgen, zu hegen und zu pflegen. Sie machte es gerne und fand zur Sprache des Zaubers zurück. Sie konnte einen Teil ihrer Kindheit wieder leben, und das machte ihr große Freude. Sie sah liebende Verbündete in allem, und die Katze war da, wann immer Anna sie brauchte. Sie wusste Rat, wenn Anna danach fragte, mischte sich aber nie ein, solange Anna sie nicht nach ihrer Meinung fragte. Die Katze war geduldig und ließ Anna viel Platz, damit sie ihre eigenen Erfahrungen machen konnte. Denn nur so konnte Anna lernen, die Dinge selber in die Hand zu nehmen. Die Sonne verlor mehr und mehr an Bedeutung, und das gefiel der Sonne überhaupt nicht. Sie war listig wie die Kreatur und spann in der Nacht regelmäßig ihr Netz, sodass Anna jeden Tag in ihren Fäden hängen blieb. Die Katze schaute teils besorgt zu, doch sie hatte Vertrauen, dass Anna sich selbst aus diesem Spinnennetz befreien konnte. Das tat sie auch und so vergingen die Jahre ins Land.

Anna hatte längst die Eitelkeit der Sonne durchschaut, doch sie stand zu ihrem Wort und hielt ihr Versprechen, welches sie damals in der Not dieser Sonne gab. Sie blieb bei dem argwöhnischen Mann, doch seine Gesellschaft gefiel ihr immer weniger. Er wurde wütend und erinnerte Anna regelmäßig daran, ohne ihn kein Licht für ihr Feld zu haben. Die Katze verspottete er hämisch, und Anna beschäftigte er immer wieder mit neuen Listigkeiten, so dass sie mit der Zeit sehr müde wurde. Er kaufte Bücher und las über Pflanzen, obwohl er keinerlei Interesse daran hatte. Eines Tages kam er mit einem großen, eindrücklichen Buch zu Anna und unterbrach sie inmitten ihrer Arbeit: „Schau, ich habe dieses Buch gelesen", hielt er das Ding wie eine Trophäe in die Höhe, „nun weiß ich alles über Pflanzen. Ich weiß auch, dass du alles falsch machst. Es steht hier im Buch genau so geschrieben." Zum Zeichen seiner Wissensmacht streckte er ihr das Buch entgegen. Anna stand von ihrer Arbeit auf und wollte das Buch entgegennehmen, doch schnell zog er es zurück. „Ich habe es schon gelesen. Nun kann ich dir alles beibringen." „Steht denn darin auch etwas über den Zauber?" „Nein, der Zauber existiert nicht. Du bildest dir das alles nur ein." „Ich weiß, dass der Zauber existiert. Ich fühle ihn." Doch die Sonne, erzürnt ob ihres Widerspruchs, holte Buch um Buch aus seinem Haus heraus und stapelte sie alle vor ihr hin. „Zeig mir hier, an nur einer Stelle, die beschreibt, was du gerade sagst." „Nein, das kann ich nicht. Aber ich kann dir zeigen, dass es stimmt." Doch die Sonne wollte den Zauber vernichten und öffnete jedes Buch, an hunderten von Stellen rot markiert, die ihr in irgendeiner Weise Recht gaben. Nach einigen Stunden der Unterweisung fühlte sich die Sonne in Sicherheit, denn Anna ließ plötzlich den Kopf hängen. Ihre Willenskraft und ihre Stimme versagten. Sie war traurig, dass die Sonne sie nicht verstehen wollte, und dachte, wie sie denn nur an sich selbst glauben konnte, wenn die Sonne ihr dauernd widersprach? Als der drahtige Mann sein Wort schloss, sah sie an ihm empor; sie sah seine schnaubenden Nasenflügel und spürte die ausströmende Luft, die nach Verwesung roch. Dann sah sie seinen strengen und fahlen Gesichtsausdruck und hörte in seinen Augen die Kälte klirren. Erneut hatte er sich vor ihr wie ein Turm aufgebäumt, doch dieses Mal sah sie keinen Engel in ihm, keinen Lebensretter und kein Geschenk. Nicht einmal mehr einen Freund. Die verwesende Ausdünstung erinnerte sie mehr an Maden und Fliegen, und es ekelte sie. Sie dachte, dass ein Turm vielleicht zu hoch wäre, um die kleinen Wichtigkeiten am Boden zu sehen. Und dass alles, was man wüsste, keine Weisheit wäre, solange die Erfahrung dazu fehlte. Keine einzige Pflanze hatte er je gesät, gegossen oder gezogen. Woher wollte er nur wissen, was richtig war? Der Zauber würde in seiner Kälte erstarren wie Eis. Sie sah seinen langgezogenen Schatten am Boden, und darin spiegelte sich der Schatten des Schiffs und der Schatten der Kreatur. Der einstige Parasit fing wieder an, in ihr zu nagen, doch sie wollte keinem Parasiten mehr dienen. Nach diesem Ereignis beobachtete sie die Sonne ganz genau und schaute, wann der Parasit in ihr schlief und wann er von ihrem Fleiß fraß. Sie erkannte mehr und mehr die wahre Absicht der Sonne und so erzählte sie ihr immer weniger von dem, was sie tat.

Die Pflanzen wuchsen gut und Anna vertraute nun mehr dem Zauber als der Worte der Sonne. Das erzürnte die Sonne so sehr, dass sie anfing, heimlich in der Nacht die Pflanzen zu vergiften oder ihnen jäh den Kopf abzureißen.

In dieser Zeit hörte Anna vom Jüngling, den sie damals zusammen mit der Sonne traf. Er durchstreifte die Wüste und kam an ihrem Feld vorbei. Sie begrüßten sich freudig und Anna, die ihr Geschenk immer noch nicht erhalten hatte, fragte ihn erneut: „Bist du mein Geschenk?" Doch er schaute sie nur erstaunt an und tröstete sie mit denselben Worten wie damals: „Nein, ich bin nicht dein Geschenk, es tut mir leid, hast du es noch immer nicht erhalten? Aber willst du mit mir mitkommen? Dann können wir uns kennenlernen und herausfinden, ob wir Freunde werden." Anna erkannte in diesem Moment seine guten Absichten, doch die Zeit für ihre Freundschaft war noch immer nicht da, auch wenn sie in ihm bereits einen guten Freund erkannte, was die Sonne niemals für sie sein würde. Sie schüttelte den Kopf und sagte ihm: „Ich kann leider nicht, es tut mir leid." Der Jüngling war traurig und ging ein zweites Mal seiner Wege, genau wie damals: mit gesenktem Haupt und hängenden Schultern. Anna schaute ihm lange nach und erinnerte sich bei seinem Entschwinden plötzlich an die Worte in der Raumkapsel, die ihr damals eine liebende Seele zusprach: „Meine Schwester, erst viel später werden wir uns wiedersehen. Ich bin du, und du bist ich – darum erkennst du mich erst, wenn du dich selbst erkannt hast." Anna fiel es wie Schuppen von den Augen: „Er ist da, er war immer da! Warum nur habe ich ihn nicht erkannt?" Sie rannte ihm nach und rief ihm zu, doch er war bereits außer Reichweite und erneut aus ihrem Leben verschwunden. Sie weinte und trauerte ihm lange nach, doch auch wenn er weg war, so gab er ihr doch Mut. Denn seine Liebe stand in deutlichem Kontrast zum Argwohn der Sonne, und so wollte Anna ihr Versprechen lösen und die Sonne für immer verlassen. Die Sonne spürte, dass etwas nicht stimmte, und übte ihre ganze Macht auf Anna aus. Doch diese, durch den weisen Rat der Katze gut beraten, bestellte am Tag fleißig ihre Böden und bereitete in der Nacht ihre Flucht vor.

Und so kam es, dass sie sich von der Sonne wie damals von der Kreatur befreite. Doch dieses Mal wurde sie nicht gerettet, dieses Mal rettete sie sich selbst! Anna und die Katze rannten davon, weit weg. Sie rannten so weit, bis die Sonne hinter dem Horizont ganz verschwunden war. Außer Atem versteckten sie sich hinter einem Felsen und bauten dort ihr Lager auf. Alles hatten sie zurückgelassen, doch Anna war bereit, nochmals ganz von vorne anzufangen. Mit dieser Flucht gelang es ihr, sich vom Schmerz ihrer Kindheit zu befreien. Anna schlief erschöpft ein, inmitten unbekannter Weiten. Doch der Parasit war weg. Er schlich sich in der ersten Nacht aus ihrem Körper, und Anna war nie mehr Wirt für einen neuen Parasiten.

Kapitel 7

Das Feld

Als Anna erst nach ein paar Tagen wieder erwachte, schaute sie direkt in die smaragdgrünen Augen der Katze. „Na, hast du nun genug geschlafen? Komm, steh auf." Die Katze schnurrte, doch Anna war mürrisch und drehte sich um, denn sie wollte einfach nur schlafen: Den ganzen Tag, für immer, sie war so müde! Die Katze sprang auf Annas Rücken, tanzte die Tatzen in die Haut krallend und war vergnügt. „Au, hör auf, das tut mir weh", rief Anna laut und sprang in einem Satz aus ihrem tiefen Schlaf heraus. Verdutzt fragte sie: „Wo sind wir?" „Wir sind da, wo du aufgehört hast. Los, mach deine Augen auf und schau, wie in der Zwischenzeit alles wunderbar gewachsen ist. Alles ist so schön und deine Mühen haben sich gelohnt. Nun siehst du endlich, was du alles erschaffen hast, denn die Sonne wirft keinen Schatten mehr darauf. Es wäre also schade, wenn du weiterschlafen würdest." Anna rieb sich schnell die Augen und sah sich um. Die Katze hatte recht: Sie fand sich auf einem wunderschönen Felde wieder, voller Pflanzen, voller Bäume und mit unzähligen Blumen darin. Es war ihr Feld. Sie hatte es gesät. Bis zu ihrem Fluchtort hatte es sich ausgebreitet, als wollte es sie aus ihrem Dornröschenschlaf erwecken und mitten in ihr eigenes Leben zurückrufen. Anna war stolz, denn das Feld sah gesund aus und die Blumen wiegten sich glücklich im Wind. Doch schon im nächsten Moment kamen ihre Erinnerungen hoch und sie fragte die Katze sorgenvoll: „Und die Sonne? Ist sie noch da?" Doch die Katze beschwichtigte sie: „Nein, sie ist weg. Sie wird dir auch nicht mehr im Wege stehen. Aber konzentriere dich jetzt nicht auf das, was du meiden möchtest, sondern auf das, was du erreichen willst." Anna war beruhigt, denn ihr Feld war wirklich schön und es war wirklich groß. Es war einfach wunderbar! Schnell stand sie auf und machte sich sogleich an ihre Arbeit. Zum ersten Mal in ihrem Leben konnte sie alles genauso machen, wie sie es wollte. Sie konnte dem Zauber lauschen und neue Dinge ausprobieren. Niemandem musste sie ihr Wissen mitteilen, bevor sie selbst darin ihre Erfahrung machen konnte. Und so gewann sie an Sicherheit und Vertrauen, dass das Leben es gut mit ihr meinte. Das Feld wuchs und dankte ihr für ihre Arbeit in einem farbenfrohen, üppigen Kleid.

Eines Tages verwehrte die Katze ihre Nahrung. Anna war besorgt und fragte, ob sie krank wäre. Doch die Katze meinte nur: „Nein. Bewahre es für jemand anderen auf." Anna fand diese Antwort sehr seltsam, doch sie hatte gelernt, die Worte ihrer Freundin ernst zu nehmen, und so legte sie das Fleisch im Keller beiseite. Fleißig bestellte sie weiterhin ihr Feld und nach ein paar Tagen dachte sie nicht mehr an die aufgehobene Nahrung. Doch kaum hatte sie den Zwischenfall vergessen, holten sie in der Nacht wilde Alpträume ein: Sie und ihre Katze waren regelmäßig in großer Gefahr, denn ein unnachgiebiger Löwe suchte ihr Haus auf und schlich bedrohlich nah heran. Er kroch durch die Fenster und Anna rannte in jedem dieser Träume schreiend vor ihm weg. Jede Nacht wiederholte sich derselbe Traum, indes der Löwe ihr noch näher auf den Leib rückte. Sie versuchte, sich vor ihm zu retten, doch jedes Mal erwachte sie schweißgebadet, bevor sie das Ende des Traums erfuhr. Sie befürchtete, durch diese Träume einem nahenden Unheil entgegenzusteuern, und glaubte sogar, die Sonne hätte sich eine neue List erschlichen. Da ihre Angst immer größer wurde, setzte sie den weisen Rat der Katze um und versuchte, ihre Gedanken mehr auf die wünschenswerte Zukunft als auf die drohende Gefahr auszurichten. Um sich abzulenken, arbeitete sie noch fleißiger und bemerkte dabei nicht, wie nah ihr Feld das umliegende Dickicht bereits berührte, welches jeden Angreifer vor ihr verstecken würde. Plötzlich knackte es im Unterholz. Sie sah hoch, doch da war niemand. Es knackte wieder, dieses Mal schon etwas lauter. Erschrocken fragte sie: „Wer ist da?" Sie wartete. Doch es blieb still. Dann wiederholten sich die unheimlichen Geräusche und die Blätter raschelten wild dazu. Sie starrte auf das sich bewegende Grün und machte langsame Schritte darauf zu. Wohl war ihr nicht dabei, doch sie nahm all ihren Mut zusammen und lichtete mit beiden Händen in einem schnellen Zug das Dickicht – und – erstarrte vor lauter Schreck! Sie blickte direkt in die Augen eines brüllenden Löwen und seine blitzenden Zähne erhoben sich vor ihrer Nase wie ein unüberwindbares Gebirge. Das Unheil aus ihren Träumen stand direkt vor ihr und sie glaubte, ihre letzte Stunde hätte geschlagen. Der Löwe brüllte in einem fort und streckte dabei seinen Kopf noch weiter hervor. Anna und sein Maul trennten nur wenige Augenblicke und so schloss Anna einfach ihre Augen, sich ihm schutzlos ergebend für den nahenden Tod. Dann wurde es still, Totenstille breitete sich aus, und sie spürte seinen tiefen Atem auf ihrem Gesicht. Minutenlang verweilte sie in dieser lähmenden Starre, doch der Löwe hatte sie noch immer nicht gefressen. Rückwärts setzte sie langsam einen Fuß um den anderen auf den Boden, um sich unbemerkt von diesem großen Tier davonzuschleichen. Doch bei jedem ihrer Schritte tat der Löwe ihr dasselbe nach und ihr Abstand von Gesicht und Maul veränderte sich kaum. Sie konnte nicht fliehen, so viel stand fest. Nach Minuten des Bangen öffnete sie langsam ihre Augen, um nach einer anderen Lösung zu suchen. Doch sie blickte nur in die Pupillen dieses wilden, großen Tieres, und jeder Versuch, ihm zu entrinnen, war zwecklos. Sie gab auf und senkte mutlos ihren Kopf direkt vor seinem Maul. „Nun würde er zuschlagen", dachte sie. Doch in diesem Moment trat der Löwe einen Schritt zurück, legte sich hin und putzte sein Fell. Dann gähnte er laut und lange und legte seinen Kopf seitlich auf die Pfoten. Anna nutzte diesen Moment seiner Unachtsamkeit und floh, so schnell sie konnte, zurück in ihr Haus. Sie sperrte alle Fenster zu und zitterte vor Furcht am ganzen Leib. Doch von da an war sie die Gefangene dieses Löwen, denn jedes Mal, wenn sie aus dem Haus ging, brüllte er im Unterholz. Und jedes Mal, wenn sie aus dem Fenster schaute, stand er unweit in seiner ganzen Pracht vor ihr. Wie im Traum versuchte sie vor ihm zu fliehen, doch er kam immer näher an sie heran. Anna fühlte sich von ihm bedroht und fragte die Katze um Rat. Diese ließ sich vom großen Tier in keiner Weise beeindrucken und gab Anna zur Antwort: „Stell dich dem Löwen und schau, was passiert. Träume nun deinen Traum zu Ende." Mit diesen Worten lief sie davon. Anna überlegte lange, was die Katze wohl damit meinte. Dann öffnete sie das Fenster und wartete, bis der Löwe vor ihr stand. Sie fragte ihn: „Willst du mich fressen? Dann nur zu, ich kann nichts dagegen tun. Doch ich will nicht mehr vor dir davonlaufen." Der Löwe schaute sie eindringlich an, leckte mit der Zunge über seine Nase und antwortete ihr: „Nein, ich will dich nicht fressen, sonst hätte ich es schon längst getan." Mit diesen Worten lief er zurück ins Unterholz, wo man ihn nicht mehr sehen konnte.

Anna wurde etwas mutiger und ging wieder aus dem Haus. Der Löwe blieb in der Nähe und begleitete jeden einzelnen ihrer Schritte mit furchteinflößendem Gebrüll. Doch Anna bewahrte Ruhe und fasste Vertrauen in das wilde Tier. Sie war sich indessen sogar sicher, dass der Löwe sie nicht fressen wollte. Denn seine Kraft war so groß, dass er leicht in das Haus hätte eindringen können. Warum also tat er es nicht? Sie dachte oft über ihn nach, doch verstand sie nicht, was er von ihr wollte. Nach ein paar Tagen näherte sie sich dem Unterholz, setzte sich hin und wartete, bis der Löwe vor ihr stand. Sie fragte ihn: „Was willst du von mir?" Der Löwe schaute sie erneut eindringlich an, brüllte und sagte zu ihr: „Ich will Wasser. Ich bin durstig." Anna lief ins Haus, holte Wasser und der Löwe trank davon. Nun stellte sie ihm jeden Tag neues Wasser hin, in der Hoffnung, dass er bald darauf von ihr weggehen würde. Der Löwe war ihr für das Wasser dankbar und brüllte von da an nicht mehr. Doch er blieb in seinem Versteck. Als er nach ein paar Tagen nicht wegging, fragte ihn Anna erneut: „Was willst du von mir?" Der Löwe antwortete: „Ich will Fressen. Ich bin hungrig." Mit diesen Worten erinnerte sich Anna an das in Vergessenheit geratene, aufgehobene Fleisch im Keller und fütterte ihn nun täglich damit. Der Löwe war ihr auch dafür dankbar und kam aus seinem Versteck hervor, sodass Anna ihn nun jederzeit sehen konnte. Als alles Futter aufgebraucht war und der Löwe immer noch da war, fragte ihn Anna erneut: „Was willst du von mir? Wieso gehst du nicht weg und lässt mich in Ruhe? Ich habe kein Fleisch mehr. Ich kann dir nichts mehr geben." Doch der Löwe ließ sich nicht so einfach abschütteln und antwortete ihr: „Ich brauche kein Fleisch mehr. Gib mir Obst und Gemüse." Dann leckte er sich die Pfoten und sprach: „Ich möchte bei dir bleiben. Gib mir ein Zuhause. Hier möchte ich sein. Hier ist mein Platz." Doch Anna wollte diesen Löwen nicht haben und schrie ihm direkt ins Gesicht: „Was fällt dir bloß ein? Geh weg und lass mich in Ruhe! Ich will dich hier nie mehr wiedersehen!" Der Löwe gehorchte und rannte davon. Anna drehte sich wie eine Königin auf ihrem Absatz um und lief, sichtlich erleichtert, dieses aufdringliche Tier endlich los zu sein, ins Haus zurück, um der Katze davon zu erzählen. Doch die Katze war nicht erfreut und ermahnte sie in strengem Ton: „Hol ihn zurück. Er ist unser Gast. Es gibt genug Platz für uns alle." Und die Katze lief mit hocherhobenem Kopf weg und kam erst wieder hervor, als Anna den Löwen zurückgeholt hatte.

Nun zeigte die Katze dem Löwen, wo er in Ruhe fressen und sich ausruhen durfte, ohne Anna und sie dabei zu stören. Dann zeigte sie ihm, wie er sich vor dem Haus frei bewegen konnte, ohne mit seinen kräftigen Beinen das Feld zu zertrampeln, denn dies war jahrelange Arbeit. Dann zeigte ihm die Katze, wo er im Haus schlafen durfte, ohne dass er jemandem den Platz wegnahm. Und weil der Löwe so umsichtig war, überließ die Katze ihm sogar einen ihrer Lieblingsplätze. Anna war beeindruckt von der Güte der Katze und schämte sich, den Löwen abgewiesen zu haben. Denn inzwischen mochte sie diesen großen, stämmigen Kerl und ihre Angst vor ihm war gänzlich weg.

Als Anna dem Löwen nun Tag und Nacht ihr Haus offenhielt, sprach die Katze zu ihr: „Nun hast du deinen Traum zu Ende geträumt und dir deine Angst zu deinem Freunden gemacht. Dies hilft dir für so manches in deinem Leben." Und tatsächlich, an diesem schönen Tag streifte der Mann, der behauptete, die Sonne höchstpersönlich zu sein, vor Annas Haus herum und gaffte listig auf ihr großes Feld. Er wollte sie zurück in seine Fänge treiben.

Doch Anna ging direkt auf ihn zu, stellte sich ihm unbeirrt in den Weg und erhob sich über ihn. Nach kurzer Zeit verschwand er kampflos am Horizont und Anna sah ihn nie mehr wieder. Sie verstand nun, warum der Löwe in ihr Leben getreten war, und fühlte tiefe Dankbarkeit, dass er sie um Wasser, um Futter und um einen Platz gebeten hatte. Denn durch sein unnachgiebiges Dasein als Löwe schenkte er Anna den Mut, sich vor der Sonne zu behaupten und das Feld ihr Eigen zu nennen. Sie suchte den Löwen auf: „Löwe, warum bist du nicht zu mir gekommen, als ich in der Wüste bei der Sonne war? Ich hätte deine Hilfe gut gebrauchen können." Der Löwe schmunzelte und sprach: „Ich habe dir geholfen, denn jetzt bin ich da." Anna dachte, er hätte sie nicht richtig verstanden. „Aber Löwe, ich hätte deine Hilfe in der Wüste gebraucht. Du hättest die Sonne verjagen können und mir dadurch ein besseres Leben ermöglicht." Doch der Löwe wiederholte dieselben Worte noch einmal: „Ich habe dir geholfen, denn jetzt bin ich da." Und nach einer langen Pause fuhr er fort: „Du hast recht, ich war da. Denn schon lange habe ich dich beobachtet, aus weiter Ferne. Doch du warst dazu noch nicht bereit. Und stell dir vor, wäre ich vor dir aufgetaucht, dann hättest du geglaubt, ich wäre wie die Kreatur." Der Löwe lachte laut. Anna ärgerte sich über sein Verhalten und antwortete ihm beleidigt: „Du hättest mich retten müssen, wenn ich dir wichtig gewesen wäre." Sie verschränkte ihre Arme. „Anna, nein", lachte er noch immer, „wenn du etwas in deinem Leben lernen möchtest, musst du es selber tun." Dann fing er sich wieder. „Nur wenn du weißt, was für dich richtig ist, kann dir geholfen werden. Sonst wirst du immer von jemandem abhängig sein. Niemand außer dir selbst kann dies für dich tun." Anna sann lange über seine Worte nach. Sie erinnerte sich daran, dass die Sonne sie aus den Klauen der Kreatur rettete, doch in Wahrheit schuf sie nur ein neues Gefängnis für sie. Sie erinnerte sich auch daran, dass sie mit der Sonne ins Meer zurückschwamm, ohne auf die Worte der Katze zu hören, weil sie damals nicht wusste, was das Richtige für sie war. Anna erkannte, dass der Löwe mit seinen Worten Recht behielt. Milde und aufmerksam fragte sie ihn weiter: „Aber warum waren die Kreatur und die Sonne so böse mit mir?" Der Löwe streckte sich genüsslich, indes er ihr antwortete: „Sie waren nicht mit dir böse, Anna, nur mit sich selbst. Denn einst hatten sie Angst, wie du. Dann hatten sie die Angst vergessen und aus dieser vergessenen Angst entstand ihre Tat. Auch du hattest damals im Wasser deine Angst vergessen und dem freundlichen Mann im Boot Unrecht getan, als du einfach so aus seinem Leben verschwunden bist." Und nachdem er sich alle vier Pfoten sauber geleckt hatte, fuhr der Löwe weiter fort: „Dieses Mal war es anders, du hast dich der Angst des bedrohlichen Löwen gestellt. Nun kannst du anders handeln. Dazu war ich da, dafür bin ich ein Löwe." Er brüllte laut. Anna war beschämt, hatte sie doch die große Weisheit dieses schönen Tieres missachtet. „Ja, du hast recht, Löwe", sprach sie zu ihm, „aber warum willst du bei mir sein? Ein Löwe lebt doch in der Wildnis und nicht in einem kleinen Haus." Doch der Löwe legte sich hin und schwieg. Er ließ sich Zeit für seine Antwort. Er drehte sich auf den Rücken. Er streckte sich. Er gähnte. Er drehte sich zurück. Er gähnte wieder. Erst dann murmelte er die Worte: „Es ist einfach so." Mehr sagte er nicht dazu. Anna sah dieses große, schöne Tier lange an und setzte sich zu ihm auf den Boden. Dann kraulte sie ihm die Mähne, denn sie war glücklich, diesen einen Löwen getroffen zu haben.

Jeden Tag zeigte die Katze dem Löwen, wie er seine Energie besser bändigen konnte. Denn der Löwe war noch jung und die Katze gemahnte ihm viel Nachsicht. Ihr war bewusst, dass er ein wildes Tier mit viel Kraft war und noch Übung brauchte in seinem Umgang. Der Löwe entwickelte sich prächtig und Anna, die Katze und er wurden gute Freunde. Viele Menschen kamen bei Anna vorbei und betrachteten neugierig ihr schönes Feld. Da begann sie, vom Zauber zu erzählen und warum so viele Pflanzen in der Wüste wachsen konnten. Einige schüttelten den Kopf und liefen wieder weg. Andere fanden bewundernde Worte für sie, doch sie kehrten zurück in ihr eigenes Haus, ohne jemals eine Pflanze selbst anzusäen. Doch viele von ihnen, die den Worten aufmerksam lauschten, gingen nach Hause und bestellten ihr eigenes Feld. Sie kamen immer wieder vorbei, um Fragen zu stellen, und nach geraumer Zeit gelang es ihnen, selber den Zauber in der Wüste anzuwenden, woraus sich die Blüten neuer Pflanzen ergaben. Jeder von ihnen trug dazu bei, dass aus der kargen Wüste ein großes, buntes Land entstand. Die einzelnen Felder hatten verschiedene Formen. Einige waren dreieckig, andere waren quadratisch und wieder andere stellten einen Kreis dar. Anna dünkte die Wüste bald wie damals das Papier, welches sie in ihrer Kindheit farbenfroh aus lauter einzelnen Formen zu einem großen, einheitlichen Muster zusammen malte. Sie gewann neue Freunde und erfuhr, dass diese schon von anderen Menschen vom Zauber gehört hatten, und so konnte Anna auch von ihnen viel lernen. Jeder gab jedem etwas zurück und Anna merkte bald, dass im Mantel der Liebe alles erblühte und gedieh. Der Zauber lag in allem, was da war. Man musste ihn nur sehen! Und so verstand sie auch, warum auf dem Schiff alles im Wasser ertrank, warum bei der Sonne alles in Dunkelheit lag und warum bei der Kreatur alles auf dem Grund versank. Sie war glücklich über ihr Leben und fragte sich, ob dieses Feld, die Menschen, die Katze und der Löwe ihr Geschenk waren, was ihr damals in der Wüste versprochen wurde? Denn es hatte sich ihr noch immer nicht offenbart. Oder war es doch der Jüngling, der irgendwann wieder bei ihr vorbeikommen würde? Sie wusste es nicht. Und obwohl sie glücklich war, fehlte ihr irgendwo in ihrem Leben ein kleiner Teil. Doch was es war; sie hatte einfach keine Antwort darauf.

Kapitel 8

Die Erinnerung

Eines Tages sagte die Katze zu Anna: „Bald wirst du einen Gefährten bekommen. Klein und doch ganz groß, so unterschätze ihn nicht. Er und der Löwe sind da, wenn ich weg bin. Erinnere dich mit ihm an dein eigenes Leben und dein Geschenk wird dir gewiss sein." Anna wollte mehr darüber erfahren, doch die Katze schwieg, hob ihren Schwanz wie den Zeigefinger mahnend empor und lief stolz und erhaben davon.

Anna bestellte weiterhin ihr Feld und der Zauber verschönerte es von Tag zu Tag. Viele seltene Blumen wuchsen und die Wüste verwandelte sich in ein wunderbares Land. Anna war fleißig und hörte nie auf, an den Zauber zu glauben. Sie ließ sich nicht unterkriegen, auch dann nicht, wenn es beim ersten Mal missglückte. Geduldig versuchte sie es erneut, so lange, bis es ihr endlich gelang. Denn sie hatte gelernt, dass der Zauber erst dann seine Wirkung entfaltete, wenn sie selbst ihre eigene Überzeugung gefestigt hatte. Daraus ergab sich dann immer der richtige Weg und die Lösungen kamen plötzlich wie von selbst. Jedes Mal war sie fasziniert von diesem Zauber, von seinen vielfältigen Möglichkeiten und von seiner unglaublichen Macht, die Dinge so zu gestalten, wie sie sich dies wünschte. Alles konnte blühen, wenn sie sich stets ihr Ziel vor Augen hielt. Und wenn ihr dies misslang, sprachen die Katze und der Löwe ihr tröstende Worte zu, sodass Anna in der Obhut dieser beiden Freunde ihr Feld reich bestellte. Davon erzählte sie den Menschen, wenn diese sie traurig und mutlos um Rat baten. Denn der Zauber war ein Werkzeug, welches allen zustand, und jeder Einzelne konnte ihn nutzen.

Als die Nächte schon sehr kalt waren, ging Anna eines Morgens ihres Weges entlang, als sie plötzlich ein leises Wimmern vernahm. Es war so herzzerreißend, dass sie stehen blieb und der kläglichen, feinen Stimme lauschte, die da zu ihr sprach: „Bitte, komm mich holen. Ich sitze hier seit Tagen fest. Ich friere, mein Bein ist verletzt und ich habe Angst, dass ich sterbe." Und die Stimme wimmerte und schluchzte fürchterlich. Anna beugte sich über den Wegrand und sah einen morschen Baumstamm am Boden liegen. Sie lief darauf zu, denn das faulende Holzstück erinnerte sie an ihr nasses Treibholz von damals auf dem Meer. Als sie unter den morschen Baum sah, schaute sie in die verängstigten Augen eines kleinen Hundes. Er zitterte am ganzen Leib und sein Fell war sehr schmutzig. Mit weit geöffneten Pupillen sah er auf sein Hinterbein, welches arg verletzt an ihm herunterhing. Anna war bewusst, dass der kleine Hund ihre Hilfe brauchte, denn sobald ein wildes Tier ihn roch, wäre er für immer verloren. „Wie kommst du denn hierher, kleiner Hund?", fragte sie ihn. Der Hund, kaum größer als ihre beiden Hände, stotterte traurig: „Mein Besitzer hat mich geschlagen, bis mein Bein so wund war, dass ich es nur noch hinter mir herziehen konnte. Ich bin trotzdem davongelaufen." Er zitterte und wimmerte, denn nicht nur das Bein tat ihm weh, nein, seine ganze Seele war tief verletzt. „Meine Mutter ist gestorben und nun bin ich ganz alleine." Sein Stimmchen versagte. Er weinte bitterlich und rieb sich mit den vorderen Pfötchen die Tränen weg. „Hab keine Angst, kleiner Hund, ich helfe dir", sprach Anna zu ihm, hob ihn ganz sanft aus seinem Versteck und trug ihn mit sich nach Hause. Dort angekommen, versorgte Anna zuerst sein übel zugerichtetes Bein. Danach legte sie ihn auf eine warme, kuschelige Decke. Der kleine Kerl konnte seine Äuglein kaum noch offen halten, so müd war er geworden, so nah war er dem Tod. Dankbar schlief er ein. Anna betrachtete seinen geschundenen Körper. Sein Bein brauchte lange Pflege und auch an anderen Stellen war er verletzt. Er war bis auf die Knochen abgemagert und Anna fühlte große Trauer angesichts seiner unübersehbaren Misshandlungen. Sie wusste nicht genau, ob der kleine Hund die Ereignisse überlebte, doch sie versprach ihm sanft im Schlaf, alles für seine Genesung zu tun.

Als der kleine Hund erwachte, war es schon spät am Abend. Die Fürsorge hatte ihm gut getan und so fraß er in einem Zuge eine große Portion Fleisch hinunter. Er schmatzte, rülpste und war sehr glücklich. Denn ein warmes Bettchen zu haben, war für ihn in diesem Moment das Größte, was er sich vorstellen konnte. Er sah Anna flehend mit seinen kleinen Äuglein an und fragte sie: „Darf ich für immer bei dir bleiben? Bitte. Ich habe Angst, alleine zu sein, denn ich würde schnell in Schwierigkeiten geraten. Ein zweites Mal findest du mich vielleicht nicht mehr." Anna überlegte und gab ihm zur Antwort: „Ich muss meine beiden Freunde fragen, denn mein Haus ist nicht groß und alle Plätze sind bereits besetzt." „Ich mache mich ganz klein", sprach leise der Winzling. Anna sah ihn fragend an, wie ein Winzling sich denn klein machen wollte? Doch er duckte nur seinen Kopf. Anna lief schnell zur Katze und dem Löwen, um ihnen von ihrem seltsamen Fund zu erzählen. Doch die beiden hörten erst gar nicht richtig zu, denn hatte die Katze nicht längst den neuen Gefährten angekündigt? „Natürlich bleibt er hier", schossen sie beide wie aus einem Rohr, „nun geh und sei ganz lieb zu ihm. " Anna rannte zurück ins Haus und ließ den Hund wissen, dass er für immer bei ihnen bleiben durfte. Das kleine Kerlchen klatschte mit beiden Pfötchen: „Hurra, ich habe ein neues Zuhause!" Von seinem großen Glück überwältigt, schlief er augenblicklich ein und schnarchte auf seiner Decke so laut wie ein Bär. Vom ungewohnten Lärm angelockt kamen die beiden Freunde in das Haus. Sie schnüffelten an der Decke, raspelten entzückt mit dem Schwanz wie mit einem Schwert ihren Freudetanz und setzten sich in sicherem Abstand zum Hund auf den Boden. Beide sahen mit großen Augen gebannt auf dieses kleine Wesen, welches laut schnarchend die Bauchdecke auf und ab bewegte.

Plötzlich, wie aus dem Nichts, schreckte der kleine Wicht aus seinem Schlaf auf und bellte wie wild um sich herum. Erschrocken wichen alle in einem Satz zurück; die Katze auf den Stuhl, der Löwen auf den Tisch. Anna schrie entsetzt: „Oh, kleiner Hund, was machst du da? Das sind meine beiden Freunde, lass sie in Ruhe!" Doch der Hund dachte nicht daran, auf sie zu hören. Nein, im Gegenteil, ihre Schreie spornten ihn noch mehr an, denn er sprang dreibeinig auf den Stuhl, fletschte seine Zähnchen und bohrte sie in das Fell der Katze, auf das diese schrie und eiligst von dannen lief. Dann knurrte er den großen Löwen an und jagte ihn gnadenlos wie einen ängstlichen Hasen, rasend, aus dem Haus. Danach drehte sich der tapfere Winzling um, schaute Anna mit treuen, doch verlorenen Augen an, humpelte mit letzter Kraft zu seiner Decke, legte sich mit einem tiefen Seufzer hin und schlief einfach ein. An der Pforte zu seinem neugewonnenen Glück wollte er seinen Platz mit allem, was er besaß, verteidigen, und so wiederholte sich das traurige Schauspiel Tag für Tag.

Anna sah ihre beiden Freunde nur noch selten und fühlte sich mit diesem hilflosen, kleinen Wesen sehr allein. Traurig erinnerte sie sich an ihre damalige Einsamkeit auf dem offenen Meer und daran, wie sie wochenlang einfach dahintrieb, ohne jemals jemandem zu begegnen. Oft weinte sie sich nachts in den Schlaf, doch am Tage war sie tapfer und kümmerte sich rührend um den kleinen Hund. Sie pflegte und hegte ihn, gab ihm Wasser und Futter und versorgte sein Bein. Er erholte sich, wurde kräftiger und das Bein konnte er schon wieder gut gebrauchen. Es dauerte Wochen und Monate, bis sich der kleine Hund von seinen äußeren Wunden erholt hatte. Doch seine inneren Wunden waren immer noch da und so war er sanft und lieb, wenn Anna mit ihm alleine war, doch rau und zornig, sobald ihre beiden Freunde sich näherten. Jedes Mal, wenn die Katze und der Löwe auftauchten, führte der Hund wilde und unkontrollierte Bewegungen aus. Er knurrte, bellte und fletschte seine Zähnchen. Dann warf er wild mit dem Futter um sich herum und bäumte sich vor dem Löwen wie ein großes Ungeheuer auf. Der Löwe rannte mit lautem Gebrüll vor dem Feuer und Galle spuckenden Winzling davon. Anna warf sprachlos die Hände über dem Kopf zusammen. Sie ahnte, wie tief verletzt der kleine Hund im Inneren war, denn seine trommelnden Fäustchen auf seiner Brust erinnerten sie an ihre wild paddelnden Beinchen im Meer. Und sie erinnerte sich sogar an die schreckliche Kreatur, die ähnlich den kleinen Fäustchen ihren Schwanz wie wild auf das Wasser peitschte. Wie damals war sie gelähmt und fand keine Lösung gegen dieses wilde Gebaren. So blieb ihr nichts anderes übrig, als das Hündchen regelmäßig zu tadeln. Doch es half nichts. Und es förderte auch nicht sein Benehmen. Anna war besorgt um ihre beiden Freunde und die regelmäßige Vertreibung aus ihrem Haus. In ihrer Not suchte sie eines Tages Rat bei der Katze: „Was soll ich nur tun?" Die Katze antwortete ihr schnell und freudig, als ob sie darauf gewartet hätte: „Anna, es ist alles gut. Alles ist auf dem besten Wege. Hab ein bisschen Geduld mit dir und mit ihm. Ihr beide habt Schlimmes erlebt. Du darfst ihn nicht so sehr tadeln. Erst muss er seine Angst ablegen und dann kannst du ihm sanftes Benehmen beibringen." Anna war nicht zufrieden mit dieser Antwort. Denn schließlich waren ihre beiden Freunde schon monatelang weg von dem Haus und sie wollte nicht länger von ihnen getrennt sein. Als ob die Katze ihre Gedanken gelesen hätte, fuhr sie nach einer kurzen Pause fort: „Anna, erinnere dich auch an die Zeiten auf dem Schiff, als der Parasit in dir wuchs. Er hat dir Schmerz und Angst bereitet, doch du wurdest nur getadelt. Du hättest dir damals Verständnis und Liebe gewünscht. Also sei nun lieb zu deinem Hund und schenke ihm weiterhin dein Mitgefühl. Gerade dann, wenn es dir schwer fällt. Dann ist es besonders wichtig. Für dich und für ihn." Der Löwe grummelte laut aus dem Dickicht heraus, denn auch er ermahnte Anna zu Nachsicht mit dem kleinen, unglücklichen Geschöpf: „Sei lieb mit ihm, Anna, versuche, ihn zu verstehen. Er hat es verdient." Und so lief Anna zurück zum Haus, zurück zum Hund, zurück in ihre eigene Vergangenheit. Doch dieses Mal schaute sie genau hin und verstand endlich, was der Hund ihr schon immer zeigen wollte. Und dann änderten sich die Dinge sehr schnell.

Die Katze war die Erste, die sich von ihm nicht mehr aus dem Haus vertreiben ließ. Jedes Mal, wenn der Hund nun seine Zähnchen fletschte und der Katze bisweilen sogar ins Gesicht sprang, schüttelte sie ihn geduldig ab, solange, bis er todmüde vor ihr auf den Boden fiel und dabei einfach einschlief. Wenn er erwachte und knurrte, blieb sie vor ihm stehen, bis die Erschöpfung ihn erneut einschlafen ließ. Die Katze legte sich zu ihm und blieb in dieser Stellung, bis der Hund wieder erwachte. Dann stand sie auf und lief von ihm weg. Der Hund schlief sofort wieder ein, müde seiner eingesetzten Kräfte wegen und wohl wissend, dass die Katze ihm nichts Böses tat. So gewöhnte sich der Hund an die Katze. Irgendwann hörte er auf, die Katze aus dem Haus zu jagen. Und dann konnte er ganz friedlich neben ihr einschlafen, ohne ihr auch nur einmal ins Gesicht zu springen.

Mit dem Löwen lief es ganz anders. Denn dieser ließ sich immer noch von dem kleinen Hund aus dem Haus vertreiben. Irgendwann musste der Hund sogar nur noch leise knurren, so dass der Löwe sich sofort duckte und kriechend das Haus verließ. Anna hatte Nachsicht und Geduld mit ihrem Winzling und gab ihm seine ganze Liebe. Sein Bein hinterließ keine Spuren seines Schicksals mehr, und auch Anna ließ nun ihren Parasiten sogar in ihrer Erinnerung ganz los. Eines Nachts war großer Lärm auf dem Feld und Anna sah, dass es Eindringlinge waren, die ihre Blumen stehlen und ihr Feld zerstören wollten. Sie fürchtete sich, denn es waren viele. Was sollte sie nur tun? Doch der Löwe sprang ohne Zögern aus seinem Versteck im Dickicht heraus und stürzte sich todesmutig vor die Eindringlinge. Diese zogen ihre Waffen und richteten sie direkt auf die Brust des Löwen. Anna blieb das Herz stehen. Ihr Löwe war in höchster Lebensgefahr! Der Löwe bäumte sich vor den bewaffneten Eindringlingen auf und zeigte zum ersten Mal seine ganze Größe. Er öffnete seinen Mund, zeigte seinen furchteinflößenden Rachen und brüllte so laut, dass die Blätter an den Bäumen zitterten und der Boden bebte. Keinen dieser Eindringlinge ließ er auch nur einen Schritt weiter gehen. Und da passierte etwas Unglaubliches: Die Eindringlinge ließen ab, zogen sich mit ihren auf ihn gerichteten Waffen zurück, denn keiner von ihnen hatte den Mut, dieses große, wilde Tier zu verletzen. Der Löwe, brüllend und wild den Kopf herumwirbelnd, verfolgte sie Schritt um Schritt, bis alle verschwunden waren und er gewiss war, dass sie niemals mehr wiederkehren würden. Die Gefahr war vorbei. Anna konnte sich fassen, lief hinaus zum Löwen, direkt in seine Arme. Sie war froh, den lieben Freund gesund wiederzufinden. In der ganzen Aufregung bemerkte niemand, dass der kleine Hund im Schatten des großen Löwen den Mut fand, die Eindringlinge anzuknurren und seine Zähnchen hinter der Fensterscheibe zu fletschen. Noch immer trommelte er mit seinen kleinen Fäustchen auf die Brust, um die bösen Eindringlinge zu verjagen, als er knurrend und bellend Anna in den Garten folgte. Der Löwe, aufgerichtet in seiner ganzen Größe, sah dieses kleine, trommelnde Wesen für einen kurzen Moment lange an, doch schon im nächsten Moment duckte er sich und lief direkt zurück in sein Versteck. Der kleine Hund knurrte ihm lange nach und der Löwe schlief zufrieden und glücklich ein. Er war sehr stolz auf diesen kleinen, tapferen Wicht.

Von da an änderten sich die Dinge auch mit dem Löwen. Denn der Löwe legte sich nun immer vor dem Haus hin und ging nicht mehr in sein Versteck zurück. Dann kam er näher an das Haus heran und legte sich jedes Mal, wenn der Hund bellte, vor der Haustüre hin. Einige Wochen später lief er mit großem Abstand regelmäßig an dem kleinen Hund vorbei und blieb jedes Mal stehen, wenn dieser ihn wieder anknurrte. Irgendwann konnte der Löwe nahe genug am Hund vorbeigehen, ohne dass dieser dabei laut wurde. Dann begann der Löwe, dem Hund beim Fressen zuzusehen, später putzte er sich vor ihm seine großen, scharfen Krallen und noch eine Weile später rollte er sich vergnüglich neben dem Hund hin und her. Und als dieses kleine Kerlchen auch vor dem Löwen seine Angst verloren hatte, konnte ihm Anna sogar besseres Benehmen beibringen. Er lernte schnell und alle waren wieder zusammen im Haus. Anna war mit ihren drei Freunden sehr zufrieden.

Noch immer tief beeindruckt von den Ereignissen mit den Eindringlingen lief Anna zum Löwen und fragte ihn: „Warum warst du so mutig bei den Eindringlingen und vor dem kleinen Hündchen hattest du so große Angst? Ich verstehe dich nicht. Den Hund könntest du mit einem Bissen verschlingen und seine klopfenden Fäustchen wären nur sanftes Streicheln für dich. Doch die Eindringlinge hatten Waffen und sie waren wirklich gefährlich." Als sie diese Worte aussprach, wusste sie nicht, ob der Löwe nun ängstlich oder mutig war. Doch der Löwe ließ sich wie immer Zeit mit seiner Antwort. Er streckte sich. Wohlig im warmen Sonnenschein. Er gähnte. Er putzte sich jede seiner scharfen Krallen. Ausgiebig, langsam und ganz genüsslich. Dann drehte er sich gemütlich auf die andere Seite und sprach endlich zu Anna: „Anna, meine Liebe, du hast es noch immer nicht verstanden." Er gähnte, riss sein Maul auf, und Anna konnte jeden seiner großen, blanken Zähne sehen. „Ich fürchtete mich nie vor dem Hund. Er tat mir nichts. Doch vor den Eindringlingen hatte ich große Angst, denn sie hätten mich leicht töten können. Darum musste ich bei den Eindringlingen handeln und nicht bei deinem Hund. Das wäre Verschwendung gewesen! Kein Lebewesen außer dem Menschen verschwendet unnötige Energie", lachte laut der Löwe. Als er sich wieder gefangen hatte, sprach er weiter: „Der kleine, arme Kerl. Schau ihn dir an, wie schön er geworden ist." Der Löwe leckte genüsslich sein Fell. „Er war so ängstlich, wütend und traurig zugleich. Alles hatte er verloren. Warum also hätte ich ihm den letzten Mut noch nehmen sollen? Denn ich habe nie vergessen, dass ich ein Löwe bin und er leichte Beute für mich wäre." Er schnalzte mit der Zunge und leckte sich die Nase. Dann fuhr er fort: „Der kleine Hund hatte in seiner Furcht vergessen, wer er war. Und in seiner großen Not hat er sich gewehrt. Sogar gegen mich, einen furchteinflößenden Löwen! Das hat ihm geholfen, wieder mutiger zu sein. Er hat mich nie verletzt, auch nicht die Katze, obwohl er ihr ins Gesicht gesprungen ist. Er hat uns nur ein bisschen Angst eingejagt. Aber das ist in Ordnung. Auch ich habe dies bei den Eindringlingen getan." Der Löwe legte eine lange Pause ein, um seinen Worten mehr Kraft zu verleihen. „Weißt du, Anna, jedes Lebewesen, und sei es noch so klein, hat ein Recht, sich selbst ganz bewusst zu sein und Macht über das eigene Leben zu haben. Hätte ich mich vor dem kleinen Hund so aufgebäumt wie damals die Sonne vor dir, so könnte ich ihm heute nicht beim Fressen zusehen und mich auch nicht an seinem Schmatzen erfreuen. Hätte ich ihn mit meinen spitzen, scharfen Krallen verängstigt wie damals dich die Kreatur, dann hätte er immer noch

Angst vor meinen Pfoten und ich könnte ihn nie damit trösten. Und so habe ich dem Hund Zeit gelassen, bis er sich wieder selber mochte und sich im richtigen Moment zu wehren wusste." Der Löwe schmunzelte: „Anna, hast du nicht gesehen, wie großartig er seine Fäustchen vor den Eindringlingen auf die Brust getrommelt hat? Einfach herrlich, dieser kleine Kerl!" Und wieder legte er eine lange Pause ein und wieder lachte er herzhaft. „Jeder dient jedem; die Katze half mir und ich half dem Hund. Denn alles ist miteinander verbunden. So ist das nun einfach einmal. Durch die Katze habe ich gelernt, meine Energie zu bändigen. Stets durfte ich bei ihr ein wildes Tier bleiben. Sie ist sehr weise. Nachdem ich von der Katze gelernt hatte, durfte ich dem kleinen Hund zeigen, wie groß er in Wahrheit ist. Er ist viel mutiger, als ich es je sein werde." Der Löwe legte sich auf die Seite und sprach in Ruhe weiter: „Der kleine Hund muss jeden Tag all seinen Mut zusammennehmen, wenn er an mir vorbeigehen will. Denn nun ist er sich bewusst, dass er ein Hund und ich ein Löwe bin. Lerne von ihm und werde so mutig wie er. Lerne von der Katze und werde so weise wie sie." „Und was kann ich von dir lernen, lieber Löwe?", fragte Anna. „Von mir kannst du nur eines lernen: Ich habe mich sehr lieb." Er lachte laut, dass sich sein Körper auf und ab bewegte. Dann war er still. Anna setzte sich zum Löwen auf den Boden, kraulte ihm die Mähne und sann lange Zeit über die Worte dieses schönen Tieres nach. Sie dachte an die Sonne, die sich vor ihr aufbäumte und ihr die Sicht auf das Wesentliche nahm. Sie dachte auch an die Kreatur, deren Freude es war, vom Wasser überspült und in die Dunkelheit gezogen zu werden. Die Katze, der Löwe und der Hund waren anders, das war Anna nun klar. Denn sie hatten ihr stets die wichtigen Dinge vor die Augen geführt und sie nie daran gehindert, an allem zu wachsen.

Es war schon spät am Abend und Anna saß immer noch neben dem Löwen auf dem Boden. Sie hatte sich gefasst und wandte sich erneut mit ihren Worten an ihn: „Löwe, verstehe ich dich richtig? Dann hätte die Sonne, die immer nur im Zenit stand, sich auch dem Abendrot und dem Sonnenaufgang nähern sollen, um den Zauber am Boden zu sehen und in einem warmen Licht erscheinen zu lassen. Und die Kreatur, gerade weil sie den tiefen Abgrund bereits kannte, hätte mich vor der herankommenden Welle warnen sollen, sodass ich mich in Sicherheit hätte bringen können. Beide hatten vergessen, wer sie sind. Wie der kleine Hund und wie ich damals, als ich im Meer schwamm." Anna schossen tausend Gedanken durch den Kopf. „Und das Schiff auf hoher See. Ich konnte es gar nie retten. Zu Unrecht wurde ich getadelt. Ich hätte ermutigt werden sollen, jeden Tag aufs Neue, nur für mich das Beste zu machen, anstatt mir zu zeigen, wie ich den anderen gefallen konnte." Dann war Annas Kopf leer und sie wurde traurig. Doch der Löwe war glücklich, denn er wusste, nun hatte sie alles verstanden, auch warum das Schiff, die Sonne und die Kreatur ein Teil ihres Lebens waren. Alles hatte ihr geholfen, denn jeder dient jedem. Er nickte stumm mit seinem Kopf. Der Löwe war zufrieden mit sich und der Welt. Plötzlich, ganz leise, fragte ihn Anna: „Du, Löwe, was meinst du, bin ich denn jetzt auch so mutig wie dieser kleine Hund, …, und, … und vielleicht … so weise wie die Katze … und, also vielleicht auch, … so schön wie du?" Sie schaute den Löwen voller Erwartungen an, doch dieser gähnte nur, streckte sich der ganzen Länge nach hin und nickte weiterhin nur stumm mit seinem Kopf: „Bald, liebe Anna, schon sehr bald."

Kapitel 9

Das Geschenk

Als Anna damals sah, wie der Löwe in seiner ganzen Pracht und Schönheit vor ihr lag, fragte sie sich, ob sie sich denn auch so lieb hatte wie der Löwe sich selbst. Doch zu ihrem Erstaunen fand sie keine Antwort. Sie war glücklich, doch irgendetwas fehlte ihr immer noch. Aber sie wusste nicht, was es war. Sie wusste nur, dass sie den Jüngling immer noch liebte, und sie dachte oft an ihn. Vielleicht war er ja doch ihr Geschenk? Vielleicht würde er bald zu ihr zurückkommen? Doch alles kam anders, als sie dies in diesem Moment dachte.

Eines Tages kam die Katze zu ihr. „Anna, komm und leg dich zu mir hin." Anna ging zur Katze und tat, was diese ihr sagte. Die Katze schnurrte und rieb wie immer, wenn sie sich freute, ihren kleinen Kopf an Annas Kopf. Sie sprach: „Anna, ich habe dir zwei liebe Gefährten gebracht. Der Hund und der Löwe sind nun Freunde. Sie können gut miteinander. Ich muss ihnen nichts mehr beibringen. Schon so lange bin ich bei dir. Es wird Zeit für mich, zu gehen." Anna wollte diese Worte nicht hören und bat die Katze, bei ihr zu bleiben. War sie eine erwachsene Frau, weinte sie in diesem Moment wie ein kleines Kind. Die Katze schmiegte sich liebevoll an sie und sprach in ruhigen Worten weiter: „Liebe Anna. Doch. Es ist so. Ich gehe. Der richtige Zeitpunkt kommt." Nach einer langen Pause, die nur durch das Schluchzen von Anna unterbrochen wurde, fuhr die Katze in ebenso ruhigem Ton fort: „Auch du hast alles von mir gelernt. Meine Aufgabe ist erfüllt." Die Katze ließ sich erneut Zeit, bevor sie weitersprach: „Du bekommst dein Geschenk. Dafür gehe ich. Weißt du noch, wie du damals in der Wüste danach gesucht hast und kurz darauf hast du mich getroffen? Ich hatte dein Geschenk bei mir. Damals und heute. Nun will ich es dir geben." Anna unterbrach ihr Weinen und sah die Katze ungläubig mit großen Augen an. „Du warst mein Geschenk?" „Nein, nicht ich war dein Geschenk, aber ich habe es immer bei mir getragen." Anna war so erstaunt, dass sie eine Ewigkeit mit offenem Mund nur schweigen konnte. Als sie sich gefasst hatte, beteuerte sie, auf ihr Geschenk zu verzichten, wenn sie doch nur bei ihr bleiben würde. Denn sie liebte diese Katze so sehr. Sie wollte niemals von ihr getrennt sein. Doch dieses Wesen gab nicht nach, tröstete sie und sprach in leisem Ton: „Nein, ich gehe, Anna. Alles hat seine Zeit. Alles hat seine Richtigkeit. Nichts ist für die Ewigkeit. Alles ist veränderbar. Nichts bleibt. Doch ich warte, bis du bereit bist." Anna schluchzte, doch sie wollte tapfer sein: „Ich versuche es", und sie krallte ihre Finger im Moment des Loslassens ganz tief und fest in das Fell dieser Katze, und die Katze ließ es einfach zu.

Wochen und Monate vergingen, ohne dass etwas passierte. Nur stieg die Katze wieder mehr auf ihren goldenen Sessel und Anna spürte dann stets eine Angst in sich hochsteigen, denn sie glaubte, die Katze würde damit einfach auf und davon fliegen. Doch die Katze blieb, denn es war eine wirklich geduldige Katze.

Eines Nachts träumte Anna wieder vom alten Mann. Er kam auf sie zu und sprach zu ihr: „Na, erkennst du mich wieder?" Anna nickte stumm im Traum. „Dann komm, ich möchte dir etwas zeigen." Er lief voraus und Anna folgte ihm. Der Mann führte sie auf einen Berg hinauf. Dort blieb er am Rand des Berges stehen und drehte sich zu ihr um. „Nun kommt deine letzte Lektion. Pass gut auf, was ich dir sage. Du hast alles gelernt, was es zu lernen gibt. Viele Abenteuer hast du erlebt. Doch das größte Abenteuer steht dir nun bevor. Jetzt kannst du zeigen, dass du nicht nur das Wissen, sondern auch die Weisheit in dir trägst. Denn dann findest du alle Lösungen in dir selbst." Mit diesen Worten trat er einen Schritt nach vorn an den Rand des Berges, steil vor eine hohe Klippe, die direkt am Meer war. „Spring nun, Anna, direkt ins kalte Wasser hinein!" Anna zögerte einen Moment und setzte nur ganz vorsichtig einen Fuß vor den anderen. Am Rand des Berges angekommen, beugte sie langsam ihren Oberkörper nach vorn, zögerte, blickte direkt in die Tiefe hinein, in das tosende, reißende Meer. Es schauderte sie. Sie wollte nicht in ihre Vergangenheit zurück. Doch der Mann verlor keine Zeit, fasste sich in die Manteltasche und holte drei Gegenstände hervor. „Schau, das ist für dich. Gebrauche sie und du wirst zurück in deine Zukunft kommen. Ich warte hier auf dich." Er öffnete seine Hand und hielt ihr die Werkzeuge entgegen. „Was ist das?", fragte Anna. Der alte Mann übergab ihr einen Diamanten, eine Sichel und einen Kompass. „Diese drei Dinge gebe ich dir mit auf deinen Weg. Sie werden dich sicher zu mir zurück bringen, sobald du damit umzugehen weißt. Das Wasser dort unten ist tief und voller Gefahren. Aber das weißt du ja schon. Nutze diese Werkzeuge, dann bist du bereit." „Wofür soll ich denn bereit sein?", fragte Anna voller Erwartungen zurück. Doch der alte Mann gab ihr keine Antwort und sprach weiter: „Der Diamant erinnert dich daran, wer du bist. Dies hat dir der Löwe gezeigt. In allem, was er tat. Nie hat er vergessen, wer er ist. Selbst dann nicht, als er sich vor dem kleinen Hund verkrochen hat oder gar vor ihm davon gerannt ist. Er mag es, ein Löwe zu sein, auch wenn er allen Angst macht. Das ist Selbstliebe.

Die Sichel soll dir helfen, dich zu wehren, wann immer du dich in Gefahr siehst. Dies hat dir dein kleiner Hund gezeigt. Er hat sich so lange gewehrt, bis er sich in Sicherheit wusste. Denn irgendwann war ihm klar, wie klein er ist, und trotzdem hat er sich gewehrt. Er ist mutig. Das ist Selbstvertrauen.

Den Kompass brauchst du, um in allem den richtigen Zeitpunkt zu erkennen. Dies hat dir die Katze gezeigt. Stets hatte sie so lange Geduld mit dir, bis du bereit warst, auf sie zu hören. Sie ist weise. Denn um den richtigen Zeitpunkt geduldig abzuwarten, braucht es die Liebe und das Vertrauen."

Dann legte er eine kurze Pause ein. Plötzlich rief er: „Spring!" Anna, halb betäubt von diesen Worten, tat, was er sagte und sprang ins Meer. Das Wasser zog sie hinunter, sie kannte dieses Gefühl. Ein Sog aus großer Trauer drohte sie zu verschlingen. Sie wusste im Traum, wenn sie jetzt nicht dagegen ankämpfte, wäre sie für immer verloren. Doch sie wollte leben! Und sie ließ es nicht zu, schwamm gegen den Strom aufwärts, rettete so ihr Leben, bis sie die Oberfläche des Meeres wieder erreichte. Sie schaute zum alten Mann hinauf und rief ihm zu: „Kann ich zu dir hochklettern?" Doch der Mann erwiderte ihr: „Nein, du bist noch nicht fertig. Rette dich vor der Bestie!" Es war totenstill, das Wasser eiskalt, Anna ließ hastig ihren Blick über das Meer gleiten. Und da tauchte sie auf, die Bestie! Ein großer Hai mit fürchterlichen Zähnen warf sich in die Luft und steuerte direkt auf sie zu. Er schnappte nach ihr, gierig auf Nahrung, und schleuderte sie wie Espenholz durch die Luft. Anna hatte große Angst, doch sie wehrte sich gegen die Kraft des ungebändigten Tieres. Der Hai zog sie immer wieder unter Wasser und es folgte ein tagelanger Kampf um Leben und Tod. Sie gab nicht auf und am Schluss siegte ihre Hartnäckigkeit: Sie hatte die Bestie besiegt! Sie bestieg nun den Kopf des Tieres und gab ihm Futter: Kleine Fische steckte sie ihm ins Maul. Der Hai fraß sie mit Wonne. Plötzlich ritt sie mit diesem Hai durchs Wasser. Sie lachte und der Hai war freundlich mit ihr. So vergaß sie im Traum die Zeit. Der alte Mann war zufrieden und ermahnte sie, zurück an seine Seite zu kommen. Doch die Klippen waren steil und Anna wusste nicht, wie sie dort je wieder hinaufkommen sollte. Sie rief: „Bitte hilf mir, ich kann nicht alleine hinaufklettern. Lass mir ein Seil hinunter!" Doch der alte Mann schüttelte den Kopf. „Du musst dir selber helfen. Finde den richtigen Zeitpunkt." Anna hatte keinen Plan und so wurde es im Traum Nacht und wieder Tag, ohne dass sie eine Lösung fand. Sie war wütend über den alten Mann, denn die Situation schien ihr ausweglos. Doch weil der Hai so zahm geworden war, ritt sie weiterhin mit ihm durchs Wasser, fütterte ihn mit kleinen Fischen, schlief auf ihm und streichelte ihm sogar den Kopf. Sie hatte ihn lieb gewonnen und ihre Wut wandelte sich in Geduld. Noch immer hatte sie keine Lösung, doch sie akzeptierte ihre Situation. So kam es, dass der Hai plötzlich auf die Klippe zu schwamm, sich senkrecht an die Felswand hinwarf und Anna somit den Weg ebnete. Denn sie konnte nun ohne Mühe von seinem Kopf leicht zurück auf den Berg steigen, so groß war dieser Hai. Als sie sich wieder neben dem alten Mann vorfand, warf sie einen Blick zurück ins Meer, fühlte Dankbarkeit und Frieden und schaute lange dem großen Tier nach, wie es in den Tiefen des Meeres verschwand. Der alte Mann sprach: „Nun hast du es geschafft, liebe Anna, dich deiner tiefsten Trauer, deiner größten Angst und deiner innersten Wut zu stellen. Erst jetzt kannst du dich lieben wie der Löwe, dich wehren wie der Hund und den richtigen Zeitpunkt erkennen wie die Katze. Das ist alles, was du im Leben brauchst. Erinnere dich daran, wenn du wieder erwachst." Er lief davon und Anna erwachte erschöpft aus diesem Traum.

Einige Tage später kam die Katze auf Anna zu und sprach von ihrem goldenen Sessel herab: „Nun will ich dich im wahren Leben lehren, was du zuvor im Traum gelernt hast. Denn alles, was dir im Traum gelingt, gelingt dir auch im wahren Leben. Der Traum und die Realität sind näher beieinander, als du denkst." Anna sah die Katze erstaunt an und fragte sie: „Weißt du denn, was ich geträumt habe?" Doch diese blinzelte nur und sprach unbeirrt weiter: „Ich gehe jetzt und habe nur noch eine Bitte an dich." Sie putzte ihren Kopf mit ihren weichen Pfoten. „Begleite mich in meinen Tod. Sei bei mir, in der ersten und in der letzten Stunde." Anna nickte stumm mit ihrem Kopf, doch sie konnte es nicht vermeiden, dass dicke Tränen über ihre Wangen rollten. „Es ist gut, dass du mich begleitest", sprach die Katze, „so wirst du deinen Frieden finden. Die Dankbarkeit des Lebens wird dir offenbart. Lass alles zu, was nun geschieht. Es gibt keine Lösung. Es gibt nur die Erkenntnis, die Akzeptanz und den Respekt. Du wirst alleine sein. Deine tiefste Trauer, deine größte Angst und deine wildeste Wut werden dich begleiten. Alles entspringt aus deiner eigenen Mitte und alles kehrt dahin zurück. Dies ist der wahre Kern. Dort ist das All. Das All darf so sein, wie es ist. " Anna wusste, dass die Katze recht hatte, doch die Worte zerrissen sie innerlich. Sie weinte. Dieses kleine, pelzige Geschöpf auf seinem goldenen Sessel war weitaus tapferer als sie.

Kurz danach fing die Katze an, weniger zu fressen. Dann blieb sie meist in ihrem Zimmer und schließlich verweigerte sie die

Nahrung ganz. Am Schluss lag die Katze nur noch auf dem Boden. Anna war so traurig, dieses langsame Sterben mitanzusehen, und sie weinte die Trauer und den Schmerz der eigenen Vergangenheit aus sich heraus. Die Katze wurde mager und fahl, doch an jedem Tag der Trauer lebte sie weiter; der Tod wartete geduldig auf sie. Bald konnte Anna ihre Trauer überwinden, denn sie sah, dass der Tod unausweichlich war. Als Anna versuchte, die letzten Tagen mit der Freundin zu genießen, quoll plötzlich der Bauch ihres Tieres auf. Es wurde ganz dick, obwohl es seit Tagen keine Nahrung zu sich genommen hatte. Anna hatte Angst, am Lebensende der Katze nicht zu genügen und ihr unnötige Schmerzen zuzumuten. Doch die Katze wiederholte stets, dass es ihr gut ging. Bald konnte Anna ihre Angst überwinden und den Worten der Katze vertrauen. Damit ging der Bauch zurück und die Katze war ganz dürr und jeder Knochen sichtbar. Nun verweigerte sie das Wasser. Es war so weit und Anna wurde wütend über den Tod. Denn nun war er ganz nah. Sie fragte die Katze, was sie für sie tun könnte, doch die Katze blieb stumm. Sie gab Anna keine Antworten mehr. Ohnmacht legte sich nieder und Anna befürchtete, dem Tode doch nicht beggenen zu können. Sie nahm Abstand vom zerfallenden Körper und kam erst zurück, als sie genug stark war, geduldig dem Tod in die Augen zu sehen. In dem gnadenlosen Angesicht dieser Bestie lernte sie, ihre tiefste Trauer, ihre größte Angst und ihre erbarmungsloseste Wut zu erkennen und zu akzeptieren. Aus dem einst so unbeholfenen Kinde wurde eine erwachsene, reife Frau. Eine Hymne an das Leben selbst geschah zu diesem Zeitpunkt, als die Katze aus dem Leben schied. Alles geschah genau wie im Traum. Und als Anna respektierte, dass alles so war, wie es war und alles so sein durfte, wie es ist, fand sie endlich ihren Frieden darin.

Dann nahm die Katze Abschied von ihren drei Freunden. Anna legte sich sanft zu ihr auf den Boden. Sie war der Katze zutiefst dankbar für den Glauben an sie und die Geduld, die sie in all den Jahren immer aufrecht hielt. Nie gab die Katze sie auf, und so durfte sie an ihrer Seite stetig wachsen. Dann kam der Löwe. Bevor er auf leisen Pfoten den Raum betrat, brüllte er laut und lange vor dem Haus, um seiner Trauer um die liebe Freundin ein letztes Mal Ausdruck zu verleihen. Sein kräftiger, gesunder Körper näherte sich. Er hielt inne und sein Blick traf auf das schwindende Leben in den Augen der Katze. Durch ein letztes Verneigen seines Kopfes drückte er seine ganze Dankbarkeit für sie aus, denn an ihrer Seite durfte er immer ein wildes Tier bleiben. Gleichzeitig konnte er von ihr lernen, niemanden mit seinen scharfen Krallen und seinen spitzen Zähnen zu verletzen. Trotz seiner Größe und Stärke hatte sich die Katze nie vor ihm gefürchtet. All dies wurde ihm in diesem Moment noch einmal ganz bewusst und er würdigte die kleine, wehrlose und sterbende Katze, indem er seinen großen Körper unter einer Decke vor ihr verbarg. Dann kam der kleine Hund in den Raum. Er zitterte am ganzen Körper, denn die Katze und ihre Würde, die sie in diesem Moment ausstrahlte, überwältigten ihn. Er leckte ihr sanft die Nase, denn auch er war der Katze sehr dankbar. Sie half ihm, Vertrauen zu finden, indem sie ruhig bei ihm blieb, als er ihr ins Gesicht sprang, als er knurrte und schließlich vor Erschöpfung bei ihr einschlief. Selbst dem Tode einst so nah, wurde ihm sein Glück beim Anblick dieser Zeremonie nochmals ganz bewusst, und er legte sich hinter Anna, dem sterbenden Tier gleich, auf den Boden.

Die Katze war nun umgeben von ihren drei Freunden. „Liebe Katze", sprach Anna mit zittriger Stimme, denn sie war den Tränen nah, „wie sehr wir dich lieben. Uns allen hast du geholfen, wir danken dir dafür. Mit Nachsicht und Geduld hast du uns an deiner Seite wachsen lassen, damit wir nun hier vor dir in wahrer Größe stehen. Wir alle wissen, das ist Liebe." Dann versagte ihr die Stimme und Tränen liefen ihr über das Gesicht. Der Löwe und der Hund verließen mit diesen letzten Worten an die Katze den Raum. Anna war nun alleine mit ihr. Eine große Stille erfüllte den Raum und Anna spürte tiefe Dankbarkeit für das Leben. Mit letzter Kraft sprach die Katze zu Anna: „Hebe mich hoch und lege mich zurück in meinen goldenen Sessel. Dort will ich sterben. Tu es jetzt, jetzt ist der richtige Zeitpunkt dafür." Anna nickte. Sie folgte den Worten ohne Zögern. Sie nahm einen tiefen Atemzug. Sie beugte sich sanft über den Körper der Katze.

Sie hob ihn auf. Sie umarmte ihn. Sie drückte ihn ein letztes Mal sanft und stark an ihre Brust. Sie spürte sich. Sie spürte die Katze. Sie spürte den Tod. Sie spürte das Leben. Sie spürte Liebe. Sie ließ nun gehen, was sie am meisten liebte: „Lebe wohl, meine Freundin, lebe wohl." Die Seele der Katze entwich, doch tief in Annas Herzen entfachte ein großes Licht und der ganze Raum wurde davon erfüllt. Es war dieser eine kurze Moment des Loslassen, der alles in Anna veränderte. Diese bedingungslose Liebe, die in diesem kurzen Moment des Abschieds ihrer geliebten Freundin spürbar war, tief in ihrem Herzen entfachte und dann den ganzen Körper durchströmte. Anna wusste augenblicklich, dass das, was jetzt mit ihr geschah, alles war, auf das sie je gewartet hatte. Es war ihr Geschenk, das sich in diesem einen Moment, kaum messbar in der Zeit, für die Ewigkeit in ihr gefestigt hatte. Anna legte die Katze auf den Sessel, wie sie es von ihr verlangte. Sie fühlte sich plötzlich weise wie diese Katze, schön wie der Löwe und mutig wie der Hund. Inmitten dieser großen Offenbarung hörte sie die Katze flüstern: „Ich habe einen Teil von dir in mir getragen, bis ich ihn dir zurückgeben konnte. Jetzt ist er wieder da. Bei dir. Dort, wo er hingehört. Das war meine Aufgabe. Auf dich zu warten, bis du dafür bereit bist, bis ich ihn dir zurückgeben kann. Das ist mein Geschenk an dich. Das ist dein Geschenk an dich selbst. Was du an mir so geliebt hast, kehrt nun zu dir zurück. Du hast es nicht verloren, es bleibt für immer da. Lebe wohl, liebe Anna, lebe wohl." Die Katze stieß einen dumpfen Schrei aus, der Todeskampf stellte sich ein. Der Körper krümmte sich. Drei letzte Atemzüge. Es wurde still. Das Herz pochte. Doch die Pupillen waren bereits leer. Dann hörte das Herz auf zu schlagen. Der Körper entleerte sich. Der Sessel fing an zu schweben und die Katze flog auf ihm einfach davon. So wie sie einst gekommen war, so ging sie nun, als goldener Kreis am Himmel, bis er nur noch ein kleiner Punkt am Horizont war. Und dann war nichts mehr von ihr zu sehen. Sie war weg und Anna war ganz da.

Anna dachte oft an die Katze, doch alles um sie herum wurde ganz leicht und geschah nun wie von selbst. Sie konnte ihre Felder noch schöner als vorher bepflanzen und der Zauber wuchs über die ganze Wüste hinaus. Der Löwe und der Hund waren gute Freunde, denn sogar einen blutigen Knochen konnte dieser direkt vor der Nase des Löwen zerkauen, ohne dass sich der Löwe auch nur einmal danach umdrehte. Und wenn der Löwe döste und im Halbschlaf seine schönen, stolzen Krallen leckte, legte sich der Hund neben ihn, grunzte und schlief glücklich bei ihm ein. Anna war stolz auf ihre beiden Freunde und sie war auch stolz auf sich selbst. Wie weit doch der Weg war vom Meer zurück ans Land. Sie dachte oft an ihr früheres Leben zurück. An das Schiff, an den freundlichen Mann im Boot, an die Sonne, an die Kreatur und an den Jüngling. Wie oft hatte sie es früher bereut, mit der Sonne im Meer verschwunden zu sein und den Jüngling alleine am Ufer zurückgelassen zu haben. Doch nun fühlte sie kein Bedauern mehr, denn sie hatte ihre Vergangenheit hinter sich gelassen. Dankbarkeit für jeden Teil ihres Lebens erfüllte sie, denn jeder dieser Teile gehörte, genauso wie er war, dazu. Das Meer und seine hohen Wellen, die sie fast ertränkten, und das Land mit seiner erstickenden Wüste, welche sie zu ihrer Heimat machte. Jetzt war dieses Land sehr schön, denn sie hatte gelernt, mit ihm zu leben. Auch das Meer hatte seinen Schrecken verloren, und das Rauschen der Wellen erklang wie eine schöne Melodie in ihren Ohren. Sie liebte den Jüngling nach wie vor, doch die Liebe zu sich selbst vertrieb jede andere Sehnsucht an ihn. Durch die eigene Liebe war alles da und das Leben wiegte sie sanft im steten Rhythmus der Gezeiten. Sie hatte sich selbst angenommen. Das ist das Wichtigste. Das ist das Leben. Das ist der Zauber. Dessen war sie sich nun ganz gewiss.

„Was für ein tolles Abenteuer das Leben doch ist", lachte sie aus vollstem Herzen. Anna hatte ihr Geschenk erhalten!

Die Autorin

Martina Eberle wurde 1972 in Winterthur geboren und wuchs in der Ostschweiz auf. Sie absolvierte eine kaufmännische Lehre und arbeitete mehrere Jahre auf einer Bank sowie in verschiedenen Funktionen bei diversen IT-Firmen. Inspiriert von ihren ausgeprägten Sinneswahrnehmungen gründete sie 2010 ihre eigene Firma und arbeitet seither als Lebensberaterin, als Ausbildnerin und Therapeutin. Ihr Wissen aus dieser Arbeit gibt sie in ihren Büchern weiter. Für sie steht das Individuum im Zentrum, welches durch Erkenntnis mehr Bewusstsein erlangt und dadurch sein Schicksal selbst in die Hand nehmen kann. Sie ist überzeugt, dass die Selbstbestimmung und die Selbsthilfe für jedes Lebewesen bedeutend sind. Denn die Heilung der Seele, die Annahme des innersten Kerns, ist ein Reichtum des Lebens, was sich jedem offenbaren darf.

Der Verlag

novum — VERLAG FÜR NEUAUTOREN

> *Wer aufhört
> besser zu werden,
> hat aufgehört
> gut zu sein!*

Basierend auf diesem Motto ist es dem novum Verlag ein Anliegen, neue Manuskripte aufzuspüren, zu veröffentlichen und deren Autoren langfristig zu fördern. Mittlerweile gilt der 1997 gegründete und mehrfach prämierte Verlag als Spezialist für Neuautoren in Deutschland, Österreich und der Schweiz.

Für jedes neue Manuskript wird innerhalb weniger Wochen eine kostenfreie, unverbindliche Lektorats-Prüfung erstellt.

Weitere Informationen zum Verlag und seinen Büchern finden Sie im Internet unter:

www.novumverlag.com